第一夜的蔷薇

The rose of the first night

II

逆光

XIAOXI

明晓溪 著

长江出版传媒 | 长江少年儿童出版社

图书在版编目（CIP）数据

第一夜的蔷薇．逆光／明晓溪著．—武汉：长江
少年儿童出版社，2014.9
ISBN 978－7－5560－1321－0

Ⅰ．①第… Ⅱ.①明… Ⅲ.①长篇小说－中国－当代
Ⅳ．①I247.5

中国版本图书馆 CIP 数据核字（2014）第 204004 号

第一夜的蔷薇

逆光

原　　著	明晓溪
项目策划	蔡贤斌
责任编辑	凌　晨
美术设计	贾　嘉
出 品 人	李　兵
出版发行	长江少年儿童出版社
电子邮件	hbcp@ vip. sina. com
经　　销	新华书店湖北发行所
承 印 厂	鸿博昊天科技有限公司
规　　格	880 ×1230
开本印张	32 开　8 印张
版　　次	2014 年 9 月第 1 版　2014 年 9 月第 1 次印刷
印　　数	1 –120000
书　　号	ISBN 978 –7 –5560 –1321 –0
定　　价	28. 00 元
业务电话	(027) 87679179　87679199
网　　址	http://www. hbcp. com. cn

Contents

Chapter 1

我想要一枚戒指，戒指要比那颗星星还闪亮！

初秋的阳光晴朗而疏冷。

落地窗外的蔷薇花藤只剩下绿色的叶片，在午后的风中轻轻晃动。阳光照耀在水晶般的玻璃窗上，折射出耀眼璀璨的光芒，如同最璀璨的星芒。

夜空中。

繁星点点。

"越瑄，如果你的求婚还有效的话，"躺回在他的手臂，她指向漫天星空中那最明亮的一颗，"我想要一枚戒指，戒指要比那颗星星还闪亮！"

"近一周内，谢氏集团的上市股份……"谢浦汇报着集团股份的最新异动，声音低响在房间内。

轮椅中，越瑄望向窗外。

身姿坐得笔直，他的双唇隐约有了淡红的水润光泽。凝望着水晶玻璃上那道星芒般灿烂的阳光，他的眼底仿佛也有着微微闪动的光芒。

"二少？"

汇报完毕，谢浦问。

目光缓缓从那道阳光收回，越瑄思忖片刻，同谢浦交代几句。谢浦神色一怔，但没有多说什么，少顷之后便离开了房间。

轮椅的扶手上，越瑄的手指苍白修长，微微收紧，又缓缓松开。胸腔中静若无声地默叹一声，他的视线又落在书桌上的那个镜框。镜框里，是轮椅中的他和笑靥如花的她。

拿起镜框。

他用手指碰触着照片中她漆黑如缎的长发，指尖微凉，正是她乌发的触感。拍照的那日阳光明媚，花开如瀑的凉亭中，她从他的身后抱住他，双臂环在他的肩上，温柔灿烂的笑脸依偎在他的脸畔，一双黑瞳笑盈盈地望着镜头。

他的唇角弯起。

今天，应该是潘亭亭试礼服的日子。虽然未曾见过她设计出的礼服，但是，他相信这场与森明美的竞争，取得胜利的应该是她。

※　　※　　※

"潘小姐！"

下午的阳光洒满路面，潘亭亭一行人浩浩荡荡进入"森"的店中，森明美和廖修、琼安早已等候多时，急忙起身相迎。寒暄几句，潘亭亭就开始试穿，她的两位助理和两位店员小姐一同陪她进到装修奢美的试衣间。

虽然廖修和琼安都是入行已久的设计师，此刻仍是不免有些紧张。潘亭亭是否会选择她们的礼服踏上好莱坞劳伦斯颁奖礼的红地毯，对于初创高级女装品牌的"森"来讲非常重要。并且，这也牵涉到同"MK"之间的竞争，如果潘亭亭没有选择"森"，而是选择了"MK"……

廖修和琼安的眼底均有些紧张。

作为这套礼服主设计师的森明美，视线却不时地望向橱窗外，她看一眼腕表。

已经四点四十。

焦急地又等了一会儿，店外来来往往的行人中还是没有出现那人的身影。拿出手机，她正准备按下号码——

试衣间的门开了。

潘亭亭身穿一袭明黄色的礼服裙走出来，袅袅婷婷，如同一道辉煌夺目的光芒，店内众人禁不住发出一声声赞美的惊呼！三座明亮的落地镜，一正一左一右摆放着，潘亭亭用各种姿态审视镜中的自己——

这是一袭犹如古代凤袍般的礼服裙。

尊贵的明黄色锦缎。

领部是改良的旗袍领，矜持地微竖着，凸显出她修长白嫩的脖颈，胸部却有低低的开口，半掩半藏地露出她丰满性感的酥胸。整条礼服裙最大的亮点在刺绣上，从胸口到腰身到臀部，精致生动地满绣着一条凤，一条绚丽的凤，裙角刺绣有如意祥云的图案，寓意着这条凤腾飞九天。

在刺绣的花纹处，还钉有水钻和珍珠，令得整条礼服裙闪烁着光芒，奢华异常！

"大少。"

正这时，玻璃门被店员小姐拉开，一个英挺的男子身影走进来。森明美急忙望去。那穿着黑色休闲西服，墨色仔裤，唇角似笑非笑，帅到令人微微眩晕的面容中又透出几分狂野不羁的男子，正是她等了一下午的越璨。

"璨，你来了。"

森明美松了口气。

"大少！"

看到越璨的出现，潘亭亭又惊又喜，立时眉眼含春，她兴奋地提起裙角，在他面前转了一圈，娇声如莺地说：

"这是明美为我做的礼服裙，漂亮吗？"

"我看看，"走到潘亭亭面前，越璨颇有兴趣地打量着她身上的明黄色礼服裙，唇角勾起笑意，凝视她说，"美极了。"

潘亭亭面颊一红。

竟有些不自然地转过头去，含羞揉弄着礼服裙腰部的细摺。

"因为这是要穿在劳伦斯颁奖礼的红地毯上，必须要隆重、醒目、美丽，所以这条礼服裙我的创意来自古代的凤袍。"

如同没有看出越璨和潘亭亭之间的微妙，森明美含笑讲解：

"亭亭，你是第一次正式出现在好莱坞，我担心会有一些媒体对你不太熟悉。如果你穿着一般的礼服裙，即使再美丽，那天明星如云，也可能会让人对你过目即忘。凤凰和刺绣是外国人非常熟悉的中国元素，在他们的心目中神秘又美丽。你穿上这袭凤袍晚礼裙，所有人都会记住你。而且——"

森明美微笑着说：

"——你凤袍加身，当晚一定可以抱奖而归！"

潘亭亭心中欢喜。

望着镜中，这袭凤袍样式的礼服裙确实衬得她雍容华贵、隆重正式，深开的胸部和贴合的腰臀又让她妩媚万分、性感诱人，再加上寓意吉祥，她左看看右看看，转身一圈再看看，越看越满意。

她原本想去国际大牌定制礼服。

但是那些声名显赫的国际大牌们只把目光集中在好莱坞的顶尖女星身上，对她不冷不热，很不上心，拿给她挑选的礼服裙虽然也很漂亮，却都没有什么特色。而这件凤袍礼服裙，手工繁复，独特精美，一望即知森明美下了很多心血在里面。

潘亭亭再用眼角偷撩了越璨了一眼，见他欣赏地望住她，目光离不开似的始终系在她的身上，她心中更是喜悦。又同经纪人低语了几句，听到经纪人也是认为这条礼服裙很合适，潘亭亭便拿定了主意。

"好，那我把它带走了！"

潘亭亭眉飞色舞地说，喜滋滋地回到试衣间。看到潘亭亭的神情，森明美坐到沙发中，吁出一口气，觉得自己有些太过紧张。这样华美的一袭礼服，潘亭亭怎么可能会不喜欢。那来自野鸡大学的叶婴，又哪里配自己这么小心翼翼，如临大敌。

"璨，谢谢你，让你这么忙还赶过来。"

趁潘婷婷在试衣间，森明美握住越璨的左手，她眼中含着柔情，感激地说。是她哀求越璨跑这一趟，潘亭亭对越璨的心思尽人皆知，她并不在意这个关键时刻让潘亭亭开心一下。

"应该的。"

挑了挑眉，越璨抽出被她握住的左手，从口袋里掏出一个银质的烟盒。并没有拿烟出来，他的手指若有所思地摩挲着烟盒壳上烙印的蔷薇花痕，眼神晦涩不明。

试衣间的门打开，潘亭亭又换上自己的衣裙走出来。

"我们去庆祝一下吧！"

店员小姐们小心翼翼地将那件龙袍礼服裙装进精致的大纸盒中，森明美高兴地提议说，她已经订好了一家餐厅。

"呃……"

潘亭亭有些犹豫：

"我还要去一趟'MK'。"

森明美的脸色瞬间变了，问："亭亭，你对这件礼服裙还有哪里不满意吗？"

"没有没有！怎么可能！"潘亭亭回眸一笑，解释说，"我只是去应个卯，看一眼，最多五分钟就出来了。那家'MK'能做出什么好礼服来？只不过她们也说做好了，我顺路拐一趟而已。"毕竟订金已经交过，总要去看看究竟做成了什么样子。

森明美想一想，颔首说：

"那我陪你一起吧，从'MK'出来咱们正好去吃饭。璨，你也一起去，陪陪我们好不好？"

越璨不置可否地笑了笑。

浩浩荡荡的一行人走进"MK"。

看到乌压压的一群人进来，不仅有潘亭亭和她的经纪人、助理们，也有森明美、越璨，连廖修、琼安也来了，翠西有些呆住，幸好训练有素的店员小姐们已经麻利地请客人们坐下、倒水，乔治也走过来招呼。

"我来看礼服。"

黑色沙发里，潘亭亭有些不耐烦地说，又看一眼墙壁上的时钟：

"快点，我还有事！"

翠西呆呆地应了声，快步走到设计室门口，敲了敲门。知道是潘亭亭来了，而且也来了很多其他的人，叶婴站起身，丢下正在修改的设计图稿，让翠西去拿礼服，自己也走了出去。

沙发中，身穿鹅黄色长裙的潘亭亭照例艳光四射，如同是店内的光源。而再往左一点，黑色沙发中越璨的身影，俊帅到近乎艳丽，又散发着浓烈的男人气息，竟衬得旁边的森明美成了隐形人。

在叶婴的视线扫过来的时候，越璨勾了勾唇角，用眼神提醒她，别忘记了两人的约定。

"礼服做好了？"

见到叶婴，潘亭亭不知怎么，心中立刻平添两分火气。她看到叶婴今天穿着裤装，洁白柔软的白色T恤，外穿一件廓型挺立的黑色小西装，整个人有种男孩子般的英朗帅气，又衬得明眸皓齿，冰肌玉肤，灵慧逼人。潘亭亭一向自负自己是娱乐圈第一美女，而叶婴，每次都让她的气势不知不觉弱了下来。

"嗯。"

叶婴淡淡地说，目光只落在潘亭亭身上，仿佛根本不在意越璨和森明美的出现。

"拿出来给我看！"

潘亭亭已经想好了，她一定要羞辱叶婴，扳回一城！森明美的那套凤袍晚礼服，她很满意，决定就穿着它去走红地毯。而叶婴，拽得像女王一样，她交了定金之后，连设计稿都没给她看过，就直接把礼服做出来，实在目中无人。

叶婴下巴一抬。

那个方向，翠西正推着一个立模出来。

森明美立刻定睛看去。

廖修和琼安也同时望过去。他们还记得叶婴初到设计部时令人震惊地剪裁出那件暗红色礼服的情景，维卡女王时装秀展出的那两套MK的时装也十分精彩。这次同MK竞争劳伦斯颁奖礼红地毯的礼服秀，他们很想知道，叶婴会拿出什么样的设计。

越璨也若有所思地打量起这件礼服。

"就是这件？"

潘亭亭根本不打算试穿叶婴设计的这件礼服，她会挑剔它、嘲笑它，把从叶婴这里丢掉的面子全都找回来。仰起头，潘亭亭倨傲地跟随众人的视线看过去——

那是一袭深蓝色的礼服裙。

如同深邃的海洋。

也如同深邃的夜空。

有闪烁若星辰般的光芒。

那深蓝色星海般的礼服裙静静展现在店内中央，在突如其来的全场静寂中，森明美死死盯着那袭礼服，唇色有些发白。

眼睛片刻也无法离开那袭礼服，潘亭亭神情复杂地换了个坐姿，重咳一声，勉力维持着自己的尊严说：

"好像还不错……不过，你没听说过我不喜欢深蓝色吗？"

叶婴淡淡一笑，说：

"在我看来，这是最适合你的颜色。不过，如果潘小姐不喜欢，那就算了。乔治，送潘小姐。"说着，她示意翠西将深蓝色晚礼服收回去，一转身，自己也准备离开。

"等一等！"

急得从沙发里站起来，潘亭亭再顾不得许多，连声喊：

"我穿！我穿！咳，不就是试一下嘛……"

翠西和两位店员小姐陪着潘亭亭进了试衣间，叶婴坐进一把黑色皮椅中，神色依旧淡淡的，并不同森明美或是越璨说话。

森明美终于从那袭礼服的震撼中醒过神来。她握紧双手，安慰自己，看起来很美的东西，穿起来未必会有很好的效果。

"你现在……"森明美面无表情地问，"和瑄住在一起？"

"嗯。"

叶婴喝了一口咖啡。

"你们住在哪里？"森明美不客气地追问。越瑄离开谢宅后，谢华菱的态度从一开始的愤怒变得有些犹豫，她担心时间一长，念儿心切的谢华菱将会改变态度。

望着试衣间的门，叶婴漫不经心地说：

"你可以去问越瑄。"

被她的态度惹到了，森明美深吸一口气，佯作无意地说：

"真抱歉，我不知道亭亭今天也约了到你这里来，否则就让她先到'MK'，再去'森'了。这样，说不定她能把你这件礼服裙也买下来，毕竟我们都是谢氏旗下，你能多做成一单生意也是好的。"

叶婴淡淡一笑，说：

"我也是这么想，所以让她先去了'森'。"

被这话堵得噎了一下，森明美恼怒地正准备再说些什么，试衣间的门一开，先是两位店员小姐走出来，然后是翠西和潘亭亭。

下午的阳光如琉璃般耀眼透明。

店中顷刻间仿佛被施了魔法，凝固住了。如同刚才礼服在立模身上推出来一般，只是这次的寂静连呼吸的声音都没有了。

错愕的。

所有人都看得呆住。

那一袭深蓝色的礼服裙，衬得潘亭亭的肌肤如冰玉一般洁白。深V领口开得极为大胆，一直开到胸部五公分，裙摆长至脚踝，使潘亭亭显得更加修长窈窕。

这是一袭看上去并不复杂的礼服裙。

但线条和廓型异常简洁有力，柔中带刚。

礼服裙上闪烁着星海般的光芒，是由无数颗美丽的蓝色水钻订成，细看去，是或大或小，一团团的星芒，犹如宇宙中的星图，神秘而疏冷。在裙摆和袖口处，有极细的丝质滚边，似乎有着若有若现的吉祥花纹，极是低调，却又平添了一抹属于东方的神秘高贵。

这是无比美丽的一袭礼服裙。

廖修和琼安吃惊地看着。

令两人震惊的并不是礼服裙的美丽，世间有无数美丽的面料，无数美丽的剪裁和设计，当两条都很美的裙子放在面前，因为欣赏的人口味不同，很难评判出究竟哪条更好。潘亭亭本身又是极出色的美人，几乎无论穿什么都好看。

两人震惊的是——

穿上这袭深蓝色礼服裙后的潘亭亭，竟不像以往的潘亭亭了！

在设计礼服之前，廖修、琼安同森明美反复研究过潘亭亭的气质和风格。潘亭亭之所以在国内一向被认为是花瓶，是因为她美虽美矣，却气质显得轻浮，浓妆淡抹总相宜，却总掩不住骨子里的狐媚风尘气。

选择凤袍式设计，也正是想用那种隆重和华贵感，压下潘亭亭气质中的轻浮。而潘亭亭穿上龙袍礼服裙后的效果，整片的刺绣，虽然多了几分端庄，却也添了几丝呆板。

这袭深蓝色的礼服裙。

立时令得潘亭亭的气质沉静了下来，即使裸露出大片性感白嫩的酥胸，也高贵矜持得令人想看又不敢看。那星海般幽蓝的光芒，神秘疏冷，仿佛来自冰雪世界的女王。

英格丽·褒曼。

那黑白默片时代的女王。

冷艳孤独。

震惊地望着落地镜中的那个穿着深蓝色礼服裙似冰似玉的美人，潘亭亭忽然想起小时候的自己。那时候，她最崇拜的影星就是英格丽·褒曼，她模仿褒曼的冷淡，模仿褒曼的孤傲。但在娱乐圈，孤傲是寸步难行的，只有娇嗔和放得开，才能争得出位。

有多久。

她没有好好看过镜中的自己了。

心神恍惚而过，潘亭亭掩住眼底的思绪，神情复杂地问叶婴说："你怎么知道我穿这个颜色好看？"

"我是设计师。"叶婴笑了笑，淡静地说，"你可以看不出你最美的地方在哪里，我不可以。"

然后，叶婴似乎懒得再多说什么，朝店内众人点点头，径直回去她的设计室。翠西和乔治留下帮依旧震惊恍惚中的潘亭亭整理配饰和发型化妆。

从一只蓝色的纸盒里，翠西拿出一双深蓝色缎面芭蕾鞋款式的宴会鞋，一只深蓝色缎面的精致宴会包，几只与礼服裙搭配的或细或粗的手镯。乔治将潘亭亭的头发梳在脑后，梳成光滑典雅的发髻，细细同潘亭亭随行的梳化助理讲解，届时应当注意的发型和彩妆重点。

那边热闹成一片。

这边，森明美的双手死死交握，唇色雪白。

沙发中，越璨能感觉到自森明美身上散发出的愤然和慌乱。事实上，自潘亭亭从试衣间走出来的那一刻，在场的所有人都明白，潘亭亭的选择将会毫无悬念。

越璨的眸色转暗。

在这一刻，他明白叶婴是真的不可能收手了。因为森明美，完全不是她的对手。

※　　※　　※

"……"

看着森明美、越璨和廖修、琼安他们面色异样地离开"MK"，再看着潘亭亭一行人兴奋地抱着大包大包的配件配饰离开"MK"，翠西仍旧处于一种震惊的半呆滞状态，她呆呆地看着店员小姐们收拾东西，心中有些什么东西被颠覆和打破了。

"其实森小姐设计的那款凤袍式的礼服还不错，刺绣精湛，华美，适合潘亭亭的身材，也有东方特色。"坐在桌面上，乔治的情绪有些亢奋。刚才潘亭亭在店里试妆的时候，他也顺便欣赏了一下"森"为她准备的礼服。

"只是，近几年但凡参加国外的颁奖礼，女明星们几乎穿得全是清一色的旗袍肚兜这类有东方特色的礼服，在戛纳电影节上还有人穿过龙袍式的礼服，跟这件凤袍简直是一对！"哈哈一笑，乔治嘲弄地说，"特色固然是有了，也能让人记住是来自中国的明星，但除此之外，谁还能记得她们的名字？每个中国的女明星都穿得这么有'特色'，反而就没了'特色'。

而且这样的场合，穿得太不同，就像来自不同星球的人，怎么融入好莱坞的圈子？"

翠西呆呆地听着。

"而叶小姐的这套礼服，只加了一点点的东方元素进去，只让人感觉到了东方的神秘，却很难看出玄机在什么地方。有韵味，又不突兀，可以完全融入好莱坞。"乔治钦佩得两眼放光，"最重要的是，这套礼服不仅仅是漂亮。像潘亭亭那种美人，穿什么都好看，她自己也清楚。可是，以前不管潘亭亭穿得再多么好看，都去不掉那股妖媚的味道，才被人嘲笑说没气质，没气场，难成大器。"

"……嗯。"

翠西呆呆地点头，说：

"没错，叶小姐的礼服，让潘小姐好像完全换了一个人，冷艳高贵，高不可攀。原来只是一套衣服，就可以让人的气质改变这么大吗……"

"哈哈哈哈，难怪叶小姐那么拽，一副有恃无恐的样子，"望着叶婴的设计间，乔治的眼底有了种近乎崇拜的神情，"她果然有可以拽起来的资本。"

"可是……"

翠西茫然地看着乔治，又像自言自语般地说：

"这套礼服从我看到设计稿，到我协助叶小姐完成它，是觉得它很美丽，也很华丽，但从款式上来讲，并没有觉得有太过出奇的地方啊。为什么，潘小姐穿上后，竟然会如此的……"

说着，她有些惶恐起来，不安地问：

"乔治，为什么会这样，我竟然会看不出一个设计的精彩之处，我……我……"

"你以前设计的都是时装。"

乔治咧嘴一笑，晃着腿，吊儿郎当地说：

"时装是生产线上的产品，讲求得是有出色的设计感，能够抓住顾客的眼球。高级定制女装虽然也讲究设计感和新意，但更注重为定制的顾客本人服务，不是为了让衣服显得特别，而是为了让顾客显得更加美丽。"

"叶小姐的这袭星空蓝礼服裙，是为潘亭亭定做的。所以穿在模特架子上的时候，你看不出太多的火花，只有当潘亭亭穿上它，你才能看到这种神奇的近乎魔法的化学反应！不过，森小姐肯定是一眼就看出来了，所以礼服一推出来，她的脸色就变了。在设计上，叶小姐看似简单，细节处的功力却非常深厚！"

说得亢奋起来，乔治从桌子上跳下来，抓起一支笔和一张纸，对翠西说：

"来，我画给你看！"

飞速地，白纸上勾勒出那套星空蓝礼服的线稿，乔治兴奋地讲说着，手中的笔在线稿的肩部、腰部画圈出来：

"看到没，在这里、这里，叶小姐都增加了廓形的力量感，潘亭亭为什么被人们认为妖媚，就是因为她……"

长达半个多小时热血澎湃的解说结束后，面对着满脸被震撼到的翠西，乔治深深感叹一声，最后的结束语是：

"叶小姐是个天才！"

※　　　※　　　※

“叮——”

江畔公寓的霞光中，两只透明的高脚水晶杯碰出悦耳的声响，一捧白玫瑰绽放得洁白美丽，精心准备的菜肴清淡可口。叶婴笑盈盈地品着杯中的酒，对轮椅中的越瑄说：

“唔，好久没有这样开心了！”

上次同维卡女王一同出现在晚宴上，虽然抢走了森明美的风头，但毕竟有着台上和台下的距离。而这次，能够如此近地欣赏到森明美骤然雪白的面容，心情真是很不错。

复仇的滋味是如此的甜美。

当亲眼看到仇人的失望和妒恨，就如同种下的果实终于泌出了甘美的汁液，她将会慢慢地品尝，好好地享受。

“祝贺你。”

望着她眼中闪耀的近乎孩子气的光芒，同她碰杯之后，越瑄将酒杯中的液体缓缓饮尽，虽然那只是她倒入的温热白水。他含笑听她讲述潘亭亭在店里试穿的经过，尽管在她回来之前，他就已经从谢平那里得知了试穿的结果，依旧听得认真而投入。

很少见她笑得这样纯粹。

即使她的这种笑容是建立在明美的失意之上，又有什么关系呢？而且她吃饭吃得都比平日里香甜很多。

“颁奖礼是在一周之后，对吗？”

“对。”

“潘亭亭应该确定会穿你设计的礼服，不会再有变化了，是吗？”越瑄温和地说。

"……"叶婴皱眉，"你的意思是？"

窗外已亮起盏盏灯光，江面夜色粼粼，万家灯火，车海如流。

"她当然会选择我的礼服！"

用餐巾拭了拭嘴角，叶婴眼中有笃定的神采。然后，她眯起眼睛，趴到他轮椅的膝边，细细打量他说：

"你是不是想提醒我什么？森明美不会就这样认输对吗？还是你觉得，我的礼服并没有好到让潘亭亭可以完全下定决心？"

"下午的时候，我回了旧宅。"

没有回答她的问题，越瑄的右手覆上了她的手背，摩挲了几秒，他缓慢地说：

"母亲希望我回去。"

在他的掌中，她的手略僵了一下：

"你什么时候回去？"

"明天。"

"哦。"她垂下黑幽幽的睫毛。

"如果你明天来不及，我们就后天回去。"

"……"

睫毛猛地扬起，她惊愕地盯住他，问：

"我和你一起回去？"

"你愿意吗？"越瑄回视着她。

"他们同意……"

"是的。"

微微怔忡，叶婴的心绪转了几转。不久之前，谢老太爷刚刚在寿宴上亲口宣布越瑄与森明美的婚事，而她曾经入狱的身份被暴露在了谢家的面前，谢华菱盛怒之下将她赶出去。

　　在她以为，越瑄能够舍弃谢家，同她一起离开，就已经是异常艰难的事情。

　　却这么快。

　　越瑄就可以使得谢家接受她，带她重回谢宅。

　　无论越瑄用了什么方法，她忽然意识到，她似乎一直都低估了越瑄的能力。

　　"如果我不想回去呢？"轻轻趴在他的膝上，她幽幽叹了口气，目光望着窗外夜色中的车水马龙，"在这里只有你和我两个人，多么清净。"

　　越瑄低下头。

　　黑发有乌缎般的光泽，她像小猫一样慵懒而幽怨，洁白的面容轻轻蹭着他的腿部，透过来温热的温度。他的手指忍不住抚触上她的面颊，思忖着说：

　　"如果你真的不想回去……"

　　"啊，没有，我只是想再多待几天，"她笑着捉住他的手指，有些撒娇地说，"我们大后天再回去，好不好？"

　　任由她玩弄自己的手指，越瑄温柔地望着她，忽然耳畔有些微红，低语说："你想要的是比星星闪亮的戒指吗？"

　　她错愕了一下。

　　目光复杂地飞掠过他的面容，她笑着眨眨眼睛，回答道：

　　"如果你找得到的话。"

※　　※　　※

虽然已经有了心理准备，但是几天后当森明美亲眼看到叶婴同越瑄一起出现在谢宅餐厅的时候，她的心脏还是如同被人用力拧了一下。

华美奢丽的宫廷式紫色窗帘。

蜡烛状白色水晶吊灯。

长长的餐桌。

就像正式得到认可的女朋友一样，叶婴坐在越瑄的旁边，温柔细致地照顾他用餐，两人之间不时有眼神的交汇，有脉脉的低语。而谢老太爷和谢华菱都在神色自然地用餐，仿佛暴雨那夜的事情从未发生过。

"再过几天就是劳伦斯颁奖礼了，"银勺优雅地舀起奶白色的鱼汤，森明美用完这一口，视线投向叶婴，含笑接着说，"璨和我打算到好莱坞现场为潘亭亭捧场，你们要去吗？"

听到森明美语气里的轻松和自在，叶婴打量了她一眼。

"礼服做好了？"

开口的却是谢华菱。

"是的，伯母。"森明美微笑。

"那就好好休息一下，"谢老太爷笑容和蔼地说，让佣人额外多盛了一碗燕窝给森明美，"好孩子，这阵子累瘦了不少，一定要补回来。"

"潘亭亭选了你的礼服？"

谢华菱神情复杂地问。

"劳伦斯颁奖礼会有现场直播，到时大家都可以看到。"

森明美笑着没有回答，神态中却一副笃定，又侧首望向身旁的越璨说，"等颁奖礼结束后，璨和我准备在好莱坞举办一个庆祝酒会，借此正式打响我们高级定制女装的品牌。"

鱼汤又鲜又浓。

目光淡淡地从森明美身上收回，叶婴继续品尝着鱼汤的鲜美，只不过两天的时间，森明美又是一副胜券在握的姿态。看来越瑄提醒她，潘亭亭的事情可能会有变数的时候，是言有所指。

"怎么，叶小姐不赞同庆祝酒会这个想法吗？"眉梢微挑，森明美投视向始终神情淡定平静的叶婴。

"这是个好主意，"用餐巾轻拭唇角，叶婴微微一笑，"无论潘亭亭选择了'森'还是'MK'，都是谢氏的品牌，庆祝总是不会落空的。"

看着对面叶婴那优雅淡静的姿态，森明美心中一阵憋闷。明明自己才是出身名门的大小姐，叶婴只不过是野鸡大学毕业的监狱女，却每每仪态高雅，有种说不出的气质，仿佛两人的身份倒转过来。

她非常厌恶这种感觉。

很久以前，小时候也有过一个如此让她厌恶的人。那人如同天生高高在上的公主，在那人的身旁，其他所有人都会变得像尘埃一样渺小而透明。所以，当她亲手将那人从云端拽落，再狠狠踩上去的时候，心中的满足也是难以言喻的。

"既然如此，我和阿婴也会去到颁奖礼现场。"宁静的声音在餐厅内响起，轮椅中的越瑄轻轻握住叶婴的左手。

"可是你的身体！"

谢华菱大惊，立刻表示反对。

"已经好多了，"越瑄安抚母亲说，"一直闷在屋里，正想出去散心。"他的声音淡且宁静，有着令人信服的力量。

餐桌的对面，越璨喝着杯中的红酒，仿佛浑不在意众人之间的话语往来。红宝石般的酒液有幽幽的香气，他眯起眼睛细细品着，唇角有漫不经心的笑意，目光落在越瑄与叶婴交握的双手上。

Chapter 2

那些幸福如蜜的时光，那月光皎洁的初夏，那些蔷薇花尚未绽放的季节。

夜晚有飞舞的萤火虫，闪闪盈盈，路灯的光芒是昏黄的，蔷薇花上湿润的露珠也在亮亮闪闪，街心花园里远远近近的虫鸣将一切映得格外宁静。时光如梦境，拎着她的书包，走在她的身边，却只能够看到她雪白的侧脸。漆黑的长发将她的面容遮住，露出的只有挺秀的鼻尖和幽长的睫毛。

不止一次地，他要求她将头发扎起来。

至少让他可以看到她整张面庞。

她总是仿佛没有听到，无动于衷。而当他凶巴巴地想径自将她头发束起来时，她淡淡瞟他一眼，就会使他败下阵来。

于是，他在她身前倒退着走。

蔷薇花香的夜风中，终于可以看到她大部分的面容。她似乎是不快乐的，肌肤清冷如白雪，漆黑的双眸幽黑如深潭，他没有见过她真正开怀的笑容。

夜晚的街心花园没有其他的人。

"……
深色的海面扑满 白色的月光
我出神望着海 心不知飞哪去
听到他在告诉你
说他真的喜欢你
我不知该 躲哪里
爱一个人是不是应该有默契
我以为你懂得每当我看着你
我藏起来的秘密
在每一天清晨里
……"

　　倒退着走，他在她面前开始唱歌，动作夸张地模仿时下的歌手们，手弹虚无的吉他，声音沙哑地唱着摇滚，忽而又歌声婉转深情，走学院派男中音，然后再边唱边用力跳着MV里的舞步。

"……
愿意 用一支黑色的铅笔
画一出沉默舞台剧
灯光再亮 也抱住你
愿意 在角落唱沙哑的歌
再大声也都是给你
请用心听 不要说话

愿意 用一支黑色的铅笔
画一出沉默舞台剧

灯光再亮 也抱住你
愿意 在角落唱沙哑的歌
再大声也都是给你
请原谅我 不会说话

愿意 用一支黑色的铅笔
画一出沉默舞台剧
灯光再亮 也抱住你
愿意 在角落唱沙哑的歌
再大声也都是给你
爱是用心吗 不要说话①
......"

他唱得花样百出。

在他越唱越high，快要把巡逻的警察都引过来的时候，终于在她的眼底看出了笑意。虽然她的嘴唇依旧淡淡地抿着，眼底漾开的笑意却如同一朵盛开的蔷薇花，美得令他的心跳如同过电般，恍惚间有种不知身处何方的荒谬的幸福感。

"砰！"

或许是身后有石块，或许是心跳加速使得双腿僵硬，脚下一踉跄，正倒退的他仰面而倒，夜空无数璀璨的星星，眼前也被摔出的无数金星。他痛得咧嘴，她蹲到他身边，眼底的笑意更深了些，嘴里骂他白痴，雪白的手指却揉向他后脑的肿块。躺在蔷薇花畔的地上，他痴痴地望着她，捉住她的手指，放在自己唇边深深地吻住。

---

① 《不要说话》陈奕迅，词曲小柯。

那清丽细长的手指。

在蔷薇花香的星光中，紧紧被他握在手心，吻着那淡淡的香气，还有她眼中微微的笑意，那吻中有她手指的温度，少年的他吻得再也受不住，一口狠狠咬住她美丽的指尖……

猩红色的窗纱被风吹动。

坐起在床上，身上的汗水渐渐凉透，越璨怔忡地望着窗外夜空中的星星，梦里的年少时光，真实得如同只隔着一个呵气的距离。他还记得，自那晚之后，她便默许他时时握住她的手。

身边没有了她的这些年。

他的周围走马灯般地出现过许多美女，她们都很爱惜双手，保养得细嫩丰腴，柔若无骨。

而他总是记得她的那双手。

她的十指异常雪白，仿佛没有血色，却透着薄薄的香气，恍若是蔷薇花初绽时的芬芳。她的手指修长清丽，能看出骨头来，美得仿佛有着倔强的生命。握住这样的手在他的掌心，有些硌手，于是每次他都紧紧地握住她，握得越紧，越有种如同骨血相连的亲昵和幸福。

掌内空空的。

低头望着自己微褐色的手掌，越璨慢慢回味着，方才梦中的触感竟渐渐模糊。闭了闭眼睛，脑海中出现的是晚餐时她与越瑄双手相握的那一幕画面，越璨的唇角有了冰冷的线条。

猩红色的窗纱在夜风中微扬。

窗外的星光被映得染上隐隐的血色，窗前的蔷薇在绚烂开过之后，早已只剩下绿色的叶片在簌簌摇曳。待到再过几个月，冬季来临，便会成为枯黑的藤枝。

握起手指，越璨的视线落在窗外那些浓绿摇曳的叶片上，心脏紧紧地缩起。

如果……

如果一切可以重来。

那些幸福如蜜的时光，那月光皎洁的初夏，那些蔷薇花尚未绽放的季节。

浓绿的叶片上有点点滴滴的露水，那是六年前月光皎洁的初夏，花藤上没有绽放的花朵，但那些稚嫩的花苞们只待一阵风儿吹过，就将铺天盖地地绽放出热烈的绯红野蔷薇花。

少年的他将她和她母亲的护照和机票拿给她，她细细地看过，将它们仔细收在书包的暗层里。

"这是我们在国外的家，你看喜欢吗？"他兴奋地拿出几张照片给她看，"你母亲住在一楼，我和你都住在二楼，这将会是你的房间，你看看喜欢吗？如果不喜欢这个风格，到时把它重新装修成你喜欢的！"

照片中是一栋原木风格的二层房子。

有着大大的花园。

她的房间风格清雅简洁，壁纸是蓝白色的条纹，有一扇大大的白色木质窗户。看着照片，她问：

"能在窗外种上蔷薇花吗？"

"已经做好花池，窗户也改成了向内打开，"他笑得很是得意，"我特别挑选了蔷薇的品种，已经请那里的园丁种下，你住进去的时候，正好会是它的花期。"

"什么品种和颜色的蔷薇花呢？"她好奇地问。

"先保密，到时候你就知道了，"抓起她的手指吻了一下，他指着照片中花园的一角，高兴地说，"在这里，我打算做一个温室。只要调控好品种和温度，一年四季你都可以看到蔷薇花了！"

她笑着瞟他一眼。

被她这一眼瞟得胸口乱撞，他一把将她拥进怀中，忍不住在她的额头亲了又亲。忽然，他的脸涨得通红，有些窘迫地说：

"那个……"

"嗯？"

"……在国外，好像年龄超过16岁就可以……"有点不好意思，少年的他脸红如沸，在她耳边低声说，"……就可以结婚了，要不，我们……我们也……"

她涨红了脸想推开他。

"好不好？"牢牢地箍紧她，他绯红的脸颊贴着她绯红的脸颊，声音滚烫地说，"你……你喜欢我吗？喜欢的话，我们……出国以后就结婚好不好……"

在夜晚的黑暗中，漆黑的睫毛猛地颤了颤，叶婴悚然从梦中醒来！呼吸急促，她面色雪白地盯着天花板。窗帘紧紧地没有透过一丝夜光，房间内只亮着一盏小夜灯，洁净的天花板上一丝蜘蛛网都没有。

呼吸颤抖。

她以为自己早已忘记了。

那些荒谬可笑的过往，那些被鲜血沾染的碎片。

然而，身体仿佛有着倔强的记忆。

胸口的起伏渐渐平复。

在墙壁夜灯的光晕中，她默默望着天花板，直至感觉到身旁那温热的气息。洁白的枕头上，她慢慢侧过头，看到睡梦中的越瑄。

他的睡容很宁静。

虽然五官依旧有淡淡的疏离感，但他的眉心没有皱起，是放松的，唇角也是放松的。她望着他，良久，碰一碰被子里他的左手，他的手温热温热。以前，他的手掌都是没有温度的，并不冰凉，但体温疏离得仿佛不想与任何人有接触。

睡梦中，越瑄的手指无意识地动了动，将她的手握住。她一楞，条件发射似的立刻将手从他的掌心抽出！下一秒，心中却因为这个动作而突然有了某种类似歉疚的温柔情绪。她低下头，在他的额头轻轻印下一个吻，然后把被子轻柔地拉起掖好在他的颌下。

这种突如其来的温柔和歉疚交织在一起的情绪，使得她怔了半晌，无法再躺回他的身旁。拉起一件外衣穿上，她轻步走向门口，拧转门把走了出去，轻轻将门关上，不想打扰他的睡眠。

隔着那扇门。

她的脚步声越来越远，渐渐消失不见。

在室内幽暗的光线中，越瑄睁开眼睛，手指的温度随着她脚步声的消失在渐渐变冷。

※　　※　　※

夜色宁静。

深邃的夜空中有洒满的星光，一点一点，或明亮或皎洁，花园中的小径也比往常更加好走了一些。在这样初秋的夜晚，吹来的风已经有些凉意，叶婴拉紧外衣，慢慢走在幽静的花园里。

小径的尽头是露天泳池。

泳池的水面在星光下粼粼闪光。

白色的花亭，蔷薇的绿色枝蔓还在四处蔓延着，而美丽如瀑的白色蔷薇已荡然无存。一路走来，叶婴发觉花园比她想象中的还要大，有很多地方，她以前都没有走过。

花园里几乎处处种满了蔷薇。

各种不同品种的蔷薇，在树下，在石旁，在爬满青藤的墙角，在小路旁，在长椅边，有很多品种她都叫不上名字，在洒落的星光下，蔷薇的枝叶微微泛光，无数细小的锯齿状的绿色叶片，以茂密的姿态生长蔓延着。

叶婴默默地走着。

转过人工湖前的小路，夜色中，远处仿佛童话的梦境，赫然出现了一栋水晶般的玻璃花房！璀璨明亮，光华流转，如同是用水晶筑成的，美丽得如梦如幻，透明的花房，在繁星满天的夜幕下，恍若只是幻想中的存在。

望着这栋玻璃花房。

叶婴停下脚步，一时间，她恍惚以为自己是在梦中，耳边隐约听到昔日那狂野的少年在兴奋地对她说——

"在这里，我打算做一个温室。只要调控好品种和温度，一年四季你都可以看到蔷薇花了！"

玻璃花房里弥漫着泥土的芳香。

星光闪耀在夜空，叶婴走进花房，看到满眼的蔷薇世界，花房里一片一片种满各种蔷薇。在温暖湿润的空气中，竟有一片蔷薇已经结满绯红色蓓蕾，仿佛在下一个瞬间就会灿然绽放，盛开成如瀑的花海。

在那丛绯红的蔷薇花前。

一把刚刚翻过泥土的小铲，小铲的边缘还沾着新鲜肥沃的土壤，一只橙色的洒水壶，几袋肥料和药，越璨正全神贯注打理着那丛花，他的黑发凌乱，像是整夜没睡地守在这里。直至她的脚步声走进，他才直起腰愕然回头，看到她时，眼底飞快闪过一抹复杂的神情。

玻璃花房明亮的光线下。

她穿着一袭宽松的白色丝缎睡袍，长至脚踝，睡袍外随意披了一件黑色针织外套，黑是漆黑，白是雪白，她的眼瞳亦是黑漆漆的，冷漠淡然地望着他，美丽得近乎凄厉。

这样的她。

令他想起许多许多年前在西点屋第一次见到她时的模样，她手中拿着一把漆黑的大伞，染着雨水的清冷，她的手指异常苍白，自他的面前冷漠走过。

"这些蔷薇花都是你种的？"

唇角有讥嘲的意味，叶婴缓步走到那丛结满了花蕾的蔷薇旁。星星点点的绯红色花苞，尚未绽放，没有香气，花萼上细软的刺扎着她的手指，这些是野蔷薇，开出来的将会是单瓣的花朵，没有杂交培育出来的品种美丽锦簇。

"怎么还没睡？"

玻璃墙壁上的时钟指向半夜三点，越璨皱眉。

"你也没睡。"

叶婴说着，折下一只花苞。枝茎上的刺扎痛她的手，一滴血珠从指腹沁出，她漫不经心地将指尖含入口中，坐到他的身边，问：

"怎么没有跟森小姐在一起？我还以为，现在应该是你们庆祝胜利的时刻。潘亭亭的事情你们找到了解决的办法，不是吗？"否则，晚餐的时候森明美不会表现得那么志得意满。

"这次，你输定了。"

克制着自己不去看她含入唇内的手指，越璨挑了挑眉，望向前面的蔷薇花丛说。

"哦？这么有信心。"手指不再流血，叶婴含笑捻动着指间那被折下的绯红色花蕾，"方便告诉我，你们究竟做了些什么，能说动潘亭亭舍弃我的礼服，而选择森小姐的呢？"

室外夜色清冷，玻璃花房中温暖如初夏，越璨望着那一片即将绽放的花苞，神色不动地回答：

"一些能够使潘亭亭心动的事情。"

为了能够赢得这场赌局，为了能够使她愿赌服输地离开这里，除了允诺潘亭亭可以以高价代言谢氏集团的几个广告之外，他甚至答应了潘亭亭，他曾经以为绝不可能答应的事情。

当潘亭亭心满意足，笑得满脸甜蜜时。

他明白了，他愿意不惜一切代价，只要她能够离开这里。

"唔，真想知道是一些什么样的事情。"打量着越璨脸上的表情，叶婴眼波如水地笑道，"像潘亭亭小姐胃口这么大的女人，不是轻易可以满足的吧。"

越璨神色阴暗下来。

"该不会，"转一转眼眸，叶婴轻笑，"还需要大少施展美男计，才能收服潘小姐吧。据我所知，潘小姐对大少可是一往情深，曾经差点为了大少告别演艺圈呢。"

看着面无表情的越璨，她笑语：

"呵，难道被我说中了吗？只是假如森小姐知道，大少您竟出卖色相给潘小姐，会不会生气呢？"顿了下，她突然醒悟般说，"哦，我真傻！试礼服的时候森小姐就请您亲临现场助阵了，那么色诱潘小姐，也一定是得到了森小姐的首肯，对不对？"

"色诱……"

越璨面无表情地重复了一遍。

"你竟然爱森明美，爱到可以为她去色诱别的女人，而森明美，也如此笃信你对她的爱，相信你不会真的为潘亭亭所动。"捏紧手中的花苞，叶婴有些笑不出来了，她幽幽地长叹一口气，"你是真的很喜欢很喜欢森明美，是吗？"

玻璃花房里。

绯红色的蔷薇花苞们静静等待绽放。

"是，我喜欢她。"

挑了挑眉，越璨回答她。

"哟——"

花苞上的尖刺又一次扎进叶婴的指尖，鲜红的血珠瞬时从指腹滚出来。似乎竟是扎在了同一个地方，她痛得微微皱眉，心脏也痛得缩了一缩，跟上次不同，这次的尖刺痛到了她的肉里。

"阿璨，你何必这样。"

捏着指尖，望着一颗颗沁出的血珠，叶婴苦笑，说：

"我不相信你会喜欢她。你明知道，我恨她的父亲，我恨不得将她的父亲拆解入腹！明知道我对她和她父亲的恨意，你怎么可能会喜欢她呢？"

"你同我又有什么关系？"

唇角掠过一抹残酷的味道，越璨嘲弄地看着她，说：

"你太自作多情了，叶婴。你真以为，如果我还记得你，如果我还眷恋同你之间的过去，我会六年的时间里一次也没有探望过你，你出狱后一次也没有联系过你吗？！"

"我敷衍你，只不过是因为对你还有一点怜悯之情罢了。你竟然得寸进尺，想要伤害明美，想要利用同我之间的过去来威胁我，破坏我同明美之间的感情！"

他冷然一笑，眼神冷漠。

"为了明美，我可以劝说潘亭亭改变决定，可以将你赶出谢家！就算你将过去的事情告诉明美，你以为明美会相信我现在对你还有感情？叶婴，你太自恋了，六年前我年少幼稚情窦未开，会觉得你是冰山美人想要去征服你，六年后，我什么样的女人没有见过！你算得了什么？！"

"说得好。"

指尖痛得如被针扎，血珠渐渐干涸，叶婴面孔雪白，眼瞳漆漆地盯着他，声音阴沉沉地说：

"你早该这么跟我说，而不是说些什么为了我好、要我放弃复仇去幸福生活的那些鬼话！你早该让我死了这条心！整整六年，在少管所的监狱里，如果我死了这条心，就可以放任她们来蹂躏我糟蹋我，就不会白白受了那么多苦！"

她的声线阴冷阴冷：

"阿璨，我为你找过很多借口。那晚也许是你出了车祸，也许是你生了重病，也许是你被什么事情绊住了，我为你想过无数个借口，等你来亲口告诉我！你早该这么告诉我才对！说你没有什么原因，说你只是后悔了，说你觉得日后会有无数女人，不必惹上我这个麻烦！"

霍然站起身，叶婴死死地瞪住他，眼瞳深处有幽暗如鬼火般的火苗在烈烈燃烧，字句缓慢地对他说：

"很好。谢谢你告诉我这些，让我终于可以不再幻想，让我终于可以彻底清醒过来，去做那些原本还无法下定决心的事情！"绯红色的花苞被死死握进她的手心，尖锐的疼痛令她的双唇愈发苍白，她的眼神已有些疯狂，以一种决然的姿态狠狠转身而去。

"够了，收起你的这些伎俩吧——！"

嗓音紧绷，越璨的声线低沉而恼怒，他一把抓起她的右手，见她的手已被花苞的尖刺扎出斑斑血点。牙齿咬得格格作响，他又愤怒又轻蔑地说：

"这种小儿科的苦肉计，你以为会对我有用吗？！自恋的女人，你凭什么笃定我还喜欢你，见不得你疼见不得你痛？！"

"从再次见到你开始，你就一次次地暗示或明示，你并不恨我，你对我还有感情，你嫉妒我和明美在一起！"

轻蔑嘲讽地说着，越璨将她受伤的右手越握越紧，似乎是故意要让她更痛！

"你诸般做作，就以为我会上当?！你怎么可能不恨我，是我令你被关了六年！如果有人这么害了我，我会恨不得她死！怎么可能还会有'喜欢'这种荒谬的感情！我的小蔷薇，六年前的你就冰冷尖锐得浑身尖刺，难道六年后从监狱里被放出来，你居然会好像被神的光芒洗礼了一样，对伤害过你的我，心中充满宽恕和爱?！"

　　危险地凑近她的脸庞，越璨微眯双眼，冷酷地说：

　　"我不会上当！拜托你真正死了这条心吧！你听清楚了，无论你是恨我还是不恨，爱我还是不爱，我一丁点儿也不在乎！我只要你记得，你答应过我，只要输掉潘亭亭这件事，就会——乖乖地从谢宅滚出去！"

　　"哈。"

　　面对越璨的恼怒和冷酷，叶婴唇角一弯，眼瞳冰冷，嘲笑地说："很抱歉，我会让你失望的。"

　　仿佛心里有无比的畅意，她恶意地睨着他说：

　　"那个赌约，你不会幼稚到居然当真了吧。只不过是一场小小的竞争，赢就赢了，输就输了，有什么了不起?！那天我不过是随口一说，你居然当真，居然肯放下大少您高贵的身段，去哀求潘亭亭不要穿我的礼服？哈，真想知道你究竟答应了潘亭亭什么，希望到时你不要懊悔得心口滴血。"

　　"你——"

　　越璨怒得恨不能将她捏碎：

　　"你这个言而无信，不知羞耻的女人！"

　　"言而无信，那是跟您学的。"妩媚一笑，叶婴眼底依旧冰冷，如同再多的痛也对她没有任何影响，"不知羞耻，您也不逞多让。为了把我从谢家赶出去，您甚至都可以制造车祸，想要置我于死地！"

"……"

越璨的眼瞳猛地紧缩了一下。

"需要这么装模作样吗？"她嘲笑地说，"在法国的时候，你制造车祸，使越瑄重伤，令我险些跟着一起陪葬。这一次，却是直接对着我来了。大少，想要一个人死，方法有很多，您何苦就只认准车祸这一条路呢？"

面无表情，他声音木然：

"……你以为是我？"

"是不是你做的，你心里很清楚！我是否认为是你做的，你会在意吗？越璨，让我告诉你，我不会离开谢家，不会放弃任何一件我想要做的事情！想要让我滚出去，除非你杀了我！否则哪怕是绑架了我，只要能逃出来，我就会再回到这里！"

"当然，您不可能亲自下手，有很多人会愿意为您效劳。"自嘲地弯了弯唇角，她说——

"我等着。"

明亮璀璨的玻璃花房。

整片的绯红色花蕾，星星点点，含苞待放，在温暖的室温中静静地等待，也许在下一瞬就会花瀑般绽放，也许会尚未绽放就会花蕾凋落，越璨默然地凝望着它们。

他已经等待了三个夜晚。

每个夜晚，他都以为会等来它们第一夜的绽放，却一直等到现在。

"你知道我最恨你什么吗？"

玻璃花房的门口，她的声音清冷地飘来：

"或许你是对的，或许我心底对你只有恨意，或许我对你的情绪复杂得连我自己也无法分辨清晰。然而，我最恨你的是，你并不肯一试。"

"越璨，从始至今，对不起我的是你。如果你的感情里连尝试和争取的勇气都不再有，所有的一切都将彻底死去！"

※　　※　　※

五日后。

一架国际航班在美国的机场缓缓着陆。

戴着硕大的墨镜，穿着桃红色的洋装，风姿娇艳的潘亭亭在保镖、经纪人和助理们的簇拥下走入接机大厅，早已等待在那里的各家华人媒体记者和各国记者们立刻包围过去，无数话筒和摄像机，此起彼伏的闪光灯将现场映成一片光海。

电视屏幕中，镜头里可以看到在潘亭亭身后其中一位助理，那助理正小心翼翼地抱着一个很大的装有礼服纸盒，纸盒上的LOGO是水墨风格的"森"的字样。

"如果不放心的话，我可以再去帮你调整一下礼服，"站在好莱坞最豪华酒店套房的落地窗前，森明美满面春风地对手机那端的潘亭亭说着，然后大笑，"哈哈哈哈，你的身材当然还是一样的好。明天的颁奖礼上，那些西方的明星们就会明白，她们以前对东方女人有多么可怕的误解！"

新闻节目中潘亭亭的段落结束。

收起手机，笑容依旧闪耀在森明美的唇边。这时廖修前来告诉她，明晚的庆祝酒会已经全部安排就绪，二少和叶婴小姐也考察过了庆祝酒会的准备情况。

"哼。"

森明美的眼神阴了下来。越瑄和叶婴是同她一起飞到好莱坞的，就住在隔壁的套房。越璨因为要处理一些集团的事务，要明天上午才能赶到。

"廖修，一会儿你就去潘亭亭的酒店，万一她对礼服有任何不满意，或者有任何觉得需要修改的地方，都第一时间通知我！"咬了咬嘴唇，森明美对廖修说。

"是。"

"一直到明晚的颁奖典礼之前，你都要守在潘亭亭的旁边，一定要亲眼看着潘亭亭换上'森'的礼服！"

"是。"

这一晚，森明美始终有些心神不属，她留在酒店的套房里一步也没有离开。其中廖修打来过电话，说他帮潘亭亭再度试穿过凤袍礼服，尺寸不需要修改。

这一晚，睡眠中的森明美做了很多梦。

她梦到了父亲，梦到了童年时光怪陆离的各种片段，梦到自己亲自去烧叶婴那家"MK"的店，梦到那袭深蓝色如星空的礼服，梦到维卡女王突然在T台上出现，梦到潘亭亭……

"啊——"

大汗淋漓的森明美骇然惊醒！

死死地瞪大眼睛，森明美心脏狂跳，不，这一场她不会输掉，"森"会靠着潘亭亭的红地毯之旅一炮而红！没有人是她的对手！没有人能够阻止她的成功！

　　　　　　※　　　※　　　※

　　太阳升起。

　　在琼安的陪伴下，森明美做了美容和头发，请专业的化妆师为自己精心化了妆容。下午5点左右的时候，越璨乘坐飞机抵达机场，赶到了酒店。见到身穿黑色天鹅绒小礼服，整个人英挺俊美，如同有华光四射的越璨，森明美的心终于安定下来。
　　夜幕将垂。
　　廖修打来电话说，潘亭亭已经换好"森"的礼服，出发前往颁奖礼现场，她会在大约晚上七点的时候走上红地毯。
　　"好，好！"
　　声音中有些克制不住的激动，森明美长吁一口气。再次整理一下妆容，森明美换上自己精心准备的礼服，同越璨和琼安一起前往颁奖礼。

　　璀璨如宫殿的颁奖礼现场。
　　场外铺着闪耀的红地毯，陆续已经开始有一些明星走来，"咔嚓！"、"咔嚓！"、"咔嚓！"、"咔嚓！"，高举着相机，来自世界各地的媒体记者们将红地毯包围得水泄不通。这是一年一度全球最盛大的电影颁奖礼，是无数国家卫星现场直播的盛宴，随着越来越有声望的明星们踏上红地毯，颁奖礼的序幕将会进入高潮！

　　颁奖礼大堂内，好莱坞的明星们仍在慢慢地入场，国际时尚圈的人士们基本到场了，他们衣饰华美，在彼此的座位周围寒暄着，气氛熟稔而热络。

"什么时候潘亭亭才会入场呢？"

看着大堂内正在转播场外红地毯盛况的LED屏幕，森明美紧张地对身旁的越璨说。颁奖礼的入场券很难拿到，琼安和廖修只能留在外面，越璨左手边的两个位置属于越瑄和叶婴。

不会是不敢来了吧。

森明美嘲讽地想着，明知潘亭亭将会选择她的礼服，叶婴会有那么好的涵养来恭喜祝贺她吗？她正这样颇快意地想着，忽然听到身旁的越璨转头唤道——

"瑄。"

银灰色的小礼服，珍珠白的衬衣，颈部围着一条灰白方格的丝巾，那丝巾淡淡的光泽，映衬得越瑄淡静俊美，清宁高贵，有着虽然平和，却令人不敢逼视的华贵气质。最令森明美吃惊的是，越瑄竟然没有坐轮椅，只是被叶婴挽住手臂。

而叶婴也穿着一袭银灰色的礼服裙。

她的长发松松挽起，妆容清淡，只是为了搭衬越瑄，戴着一副珍珠耳环，整个人闲适而又妩媚。黑瞳如雾，她笑眯眯地瞅了越璨和森明美一眼，先将越瑄扶入越璨左侧的座位，自己也坐好后，才说：

"森小姐今晚打扮得很隆重。"

场外的红地毯尽头。

好莱坞明星们被一辆辆黑色房车接到，在车门开启的瞬间，无数闪光灯骤起，无数尖叫声爆发，星光熠熠，璀璨无匹。廖修、琼安和乔治、翠西夹杂在粉丝的人群中，被人潮涌来挤去，四人都紧紧盯着红毯尽头的那一辆辆黑色房车。

莅临的好莱坞明星们越来越有重量级。

潘亭亭应该很快就要出场了！

廖修和琼安的情绪很激动，潘亭亭越晚露面就越能压得住场、越会被各国媒体重视，对"森"的品牌越有宣传效应，然而希望能早点看到潘亭亭穿着"森"礼服出场的心情也同样迫切。而乔治和翠西的神色有些黯然，乔治低咒一声，说：

"用这种手段！"

明明最适合潘亭亭的是叶婴制作的礼服，明明潘亭亭也选择了叶婴的礼服，却突然被森明美用些不入流的手段破坏！如果不是叶婴阻止，他气得几次想要冲到公司的设计部去质问森明美，到底她还有没有一丁点儿羞耻心和公平竞争的精神！

颁奖礼大堂辉煌的光线下。

森明美赫然穿着一袭明黄色的丝缎礼服裙，裙身刺绣着一条栩栩如生的精致的凤，腾飞在美丽的祥云中。这明显是与潘亭亭的凤袍同款，只是款式简约了一些，没有立领，裙的长度也在膝上。

"这样的场合，当然要隆重一点。"

森明美含笑回答她，眼神中有故意嚣张的得意。穿着这袭同款的礼服，等潘亭亭踏上红地毯后，现场所有的时尚界人士都可以意识到，她就是潘亭亭凤袍的设计师！

"嗯，很对。"叶婴抿唇一笑，笑盈盈地说，"只是，如果潘亭亭发现，她以为是独一无二的定制礼服，却在颁奖礼现场就碰到了姐妹款，不知道会是什么心情呢？"

森明美的脸色变了变。

越璨和越瑄仿佛没有听到她两人之间的交锋，神色平静地低声讨论关于集团的一些事情。

"潘亭亭是什么心情我不知道，"滞了几秒，森明美冷冷笑道，"我只希望，在稍后的庆祝酒会上，叶小姐也可以如此笑容满面，真心祝贺我们'森'的品牌旗开得胜。"

"那是一定。"

叶婴笑容真挚地说：

"相信如果潘亭亭是穿着'MK'的礼服踏上红地毯，森小姐也会真心祝福'MK'。"

"哼。"

手指狠狠扭住掌中的明黄色仿古小手包，森明美仰起头，倨傲地看向转播红地毯盛况的大屏幕。她不用去跟这个女人说那么多，只要潘亭亭穿着那袭尊贵明艳的凤袍礼服从车内走出……

一年一度全球最盛大的电影颁奖礼。

星光闪耀的红地毯。

麦克风里响起外场主持人沙哑而富有魅力的声音："即将踏上红地毯的嘉宾，是入围本届最佳女配角提名的来自中国的潘亭亭小姐和入围本届……"

汹涌的人群中。

廖修和琼安激动地屏住呼吸，朝红毯尽头那辆缓缓驶来的黑色房车望去，乔治和翠西也紧张地望过去——

辉煌明亮的礼堂内。

望着大屏幕中那连绵闪如光海的闪光灯，望着红毯尽头那辆缓缓驶来的黑色房车，唇角的笑意褪去，叶婴的眼瞳变得幽深，手指握住座椅的扶手。越瑄的手掌覆上她的手背，清冷有力，他同样淡淡凝视着大屏幕中那辆潘亭亭即将走出的黑色房车——

车窗外是光海般的闪光灯。

黑色房车内，潘亭亭紧张得双颊晕红，简直无法呼吸，她右手捂紧自己的胸口，双腿竟也有微微的颤抖。如同做梦般，她竟真的来到了全世界最为瞩目的劳伦斯颁奖礼，这是国内无数女明星的梦想，而一向被视为花瓶的她居然真的已经来到了现场！

她不知道自己以后是否还会再有这样的机会！

她希望，这一晚所有的人都可以记住她，记住她的面孔，记住她这个人，她必须把握住这个机会！所以，她不要其他那些大牌服饰施舍般扔给她的那些礼服，她需要一件最美丽的、最美丽的礼服！令好莱坞再也难以将她忘记的最美丽的礼服！

望着此刻身上的礼服，潘亭亭内心仍有着最后的挣扎。

当穿上叶婴那袭深蓝色星空般的礼服，当从镜子里看到恍如英格丽·褒曼般冷艳高贵的自己，她深知那是这世上最美丽的、最适合她的礼服裙。那冷漠的设计师叶婴居然真的可以令她脱胎换骨，挖掘出令她自己也感到震撼的美丽。

可是——

当越璨拿出一叠代言费丰厚之极的广告合约。

她心动了。

在夜晚临江的露天酒吧，点点星辉，粼粼江波，当越璨温柔地拥住她的肩膀，当越璨用深情的眼神凝视她，告诉她，他需要她的帮助，他需要她选择森明美的礼服。当越璨轻轻将她拥入怀中，将吻印在她的长发上，柔声问，亭亭，可以帮我吗？

车内，潘亭亭颤抖地闭上眼睛。

没有人会相信。

她是真的爱着这个薄情的男人。

他的华美，他的浓烈，甚至他的残忍，他的薄情，她全部狂热地深爱着。习惯了娱乐圈，她并不介意他身边其他的女人，她只要，他也喜欢她，爱着她，需要她。

颤抖地深吸一口气。

车门被侍者打开，潘亭亭整理好面容上的表情，弯腰迈出车去。

辉煌的礼堂。

大屏幕中，黑色房车的车门被高大英俊的侍者打开，霎时，无数照相机开始闪耀！在如闪电般的光海中，肤如凝脂的潘亭亭从车内缓缓而出。克制着胸口的激动，森明美唇角含笑，矜持地望着这无比荣耀的一刻！

笑容保持在唇角。

森明美优雅地望着大屏幕。

时间仿佛凝固了。

叶婴回过头，她对森明美笑了笑。

森明美一动不动。

恍若石雕般，森明美的脸色愈来愈惨白，唇角依旧保持的笑容诡异得像张破裂的面具。突然，她手包中的手机疯狂地响了起来，一遍一遍地响着，尖锐而刺耳！

Chapter 3

叶婴，从现在开始，我属于你。

　　繁星的夜幕中。

　　劳伦斯颁奖礼的红地毯上亮如白昼，在无数此起彼伏的闪光灯中，潘亭亭肤如凝脂，身长玉立，如遗世独立般，穿着一袭深蓝色星空般的深V礼服，美得如同女神，来自神秘夜空的冷艳女神。

　　无数惊艳的目光。

　　原本正在为其他大明星拍照的各国记者们，仿佛被美丽的闪电击中，惊诧地纷纷转头望向踏上红地毯的潘亭亭！

　　那道深蓝色的身影美得恍若来自神秘夜空，恍若来自冰雪王国，在片刻的窒息之后，如暴风雨般狂炸而开的闪光灯，"咔嚓！"、"咔嚓！"、"咔嚓！"、"咔嚓！"、"咔嚓！"、"咔嚓！"，各国的媒体记者们对着潘亭亭疯狂拍照，光海闪得现场如同白昼，周围的其他明星们也禁不住看过来，红地毯上顷刻间掀起了一阵高潮！

　　"……潘小姐没有穿、没有穿我们的礼服！"

　　礼堂内，手机里传出廖修惊慌不安的声音，森明美死死盯着转播红地毯实况的大屏幕，右手将手机握得死紧死紧。她脑中一片空白，嘴唇微微地抖索着，完全无法相信，是哪里出了问题，怎么会这样，究竟发生了什么?!

望着大屏幕中的潘亭亭，越璨的神情晦暗不明，半晌，他唇角一勾，探身对叶婴说:

"恭喜你，叶小姐。"

反握住越瑄的手掌，叶婴含笑回视着越璨，说:"谢谢。今晚的庆祝酒会，还请你和森小姐务必赏光参加。"

"这是一定。"越璨微笑说，"这是谢氏的荣耀。"

呆滞地收起手机，森明美脑中嗡然，望着手中这个与凤袍相配的锦缎小手包，忽然感到无比讽刺，血液刷地冲上脸部!礼堂内一阵骚动，似乎听到某个名字，森明美木然地看过去，那正缓步走入的，众星捧月般被包围着，艳光四射美若女神的，正是将她戏耍了的身穿深蓝礼服而不是凤袍的潘亭亭!

恨得咬紧牙关，森明美"霍"地起身，想要冲过去质问她!

"明美。"

越璨抓住她的手。森明美愤力地挣，越璨的手如铁箍一般，终于，她脸色惨白，颓然地跌坐回座椅，闭上眼睛，什么都不想再看。

与森明美的黯然沮丧相反，今晚的颁奖礼进行得热烈精彩又顺利，戴维·郝伯执导的电影《黑道家族》揽获了包括最佳电影在内的四项大奖，而来自中国的潘亭亭也出人意料地夺得了劳伦斯最佳女配角奖!

璀璨的聚光灯下。

身穿深蓝色的礼服裙，潘亭亭如胜利女神般走上颁奖台，她激动地手握小金人，摄像机和卫星将她获奖的这一幕转播在世界各国的观众面前!

礼堂的座位中。

同在场所有的来宾一样，叶婴微笑着为潘亭亭的获奖鼓掌，如她所料，潘亭亭是一个聪明的女人，知道什么样的选择才是最正确的。

※　　※　　※

在距离颁奖礼现场不远的一栋私人庄园内，劳伦斯颁奖礼结束后，谢氏的庆祝酒会隆重举行。这俨然是一场小型的时尚界盛会，不仅有谢氏集团在美国的高层，所有前来出席劳伦斯颁奖礼的在国际时尚界享有盛誉的人士几乎全部来到了这里。

灯光辉煌。

酒香鬓影。

华裳美服的来宾们言笑晏晏，手握香槟，纷纷向越璨、越瑄和叶婴祝贺谢氏的高级女装品牌"MK"在正式踏入国际平台的第一次试水就如此成功。来宾们赞许着潘亭亭身穿的星空蓝礼服是那么的美丽、神秘、高雅，不逊于任何其他国际顶尖设计品牌的定制礼服。

"谢谢。"

"谢谢您的肯定。"

"很高兴您欣赏'MK'的设计风格。"

在音乐悠扬的酒会大厅，叶婴一面笑容恬静地同来宾们交谈，一面不动声色地望向不远处的越瑄。今晚的越瑄有些异样，参加颁奖礼的时候，他拒绝坐轮椅，坚持自己行走。颁奖礼结束后的这个酒会，他依然固执地拒绝轮椅，也不再让她搀扶他。

此刻绚丽辉煌的水晶灯下。

同来宾们温和地谈笑着，越瑄身姿挺秀，气度温雅，很难看出曾经他遭受过那么严重的车祸，不久前才刚刚可以勉力独自行走。望着他因为疲惫而略显苍白的双唇，叶婴眉心微皱，暗自担心，然而她也察觉到，在他的面容上有着两抹不同寻常的红晕，双眼明亮得炯于平日。

就在她担忧的时候。

自来宾们中，越瑄回头望向她，目光如水般流淌而来，给了她一个温和宁静的笑意。然后，他走至一旁，对站在那里的公关经理低语几句。公关经理笑着颔首，扬手做了个手势，叶婴随之望去——

酒会内的光线突然暗下！
音乐也嘎然而止！

满场愕然，就在来宾们在黑暗中惊诧四顾时，一束星芒般的白光照耀而下，沙哑美妙的歌声响起。那在白色光束中赫然出现的歌者竟是刚刚在颁奖礼上压轴献唱过的当红实力组合，对着银质的话筒，他们充满魅力地演唱着——

"I swear！(我发誓)

By the moon and the stars in the skies.(以月亮星辰的名义)

And I swear！(我发誓)

Like the shadow that's by your side.(我将与你在一起，如影随形)"

在这浪漫又深情的歌唱声中，两排星芒般的白光洒下，居然有俊美的侍者们推着一辆辆的花车进入场内！皎洁的白光，皎洁的白蔷薇，那一片片盛开的白色蔷薇花，繁复美丽的花朵，白得透明的花瓣，顷刻间，庆祝酒会现场变成了浪漫纯洁的白色蔷薇花的花海，如梦如幻，美丽得如同在爱丽丝的仙境！

这不是酒会原有的安排。

叶婴还在错愕中。

那一丛丛。

一片片盛开的白蔷薇。

已经将她包围在花海的中心。

淡雅的花香，星芒般的白光，身穿银灰色礼服裙的叶婴如同是月神，如同是蔷薇花的宠儿，她怔怔地站立着，望着自花海深处越走越近的那个人。

"I see the questions in your eyes.(我看见你眼中闪烁着疑问)

I know what's weighing on your mind. （也听见你心中的忐忑不安）

You can be sure I know my part. （你可以安心，我很清楚我在做什么）

Cause I'll stand beside you through the years. （在往后共渡的岁月里）

You'll only cry those happy tears. （你只会因喜悦而流泪）

And though I'd make mistakes. （即使我偶尔会犯错）

I'll never break your heart. （也不会让你心碎）"

没有光线的角落。

一直有些魂游天外的森明美，在这一刻惊愕地瞪大眼睛。这个庆祝酒会的流程原本是她一手安排的，她记得很清楚，根本没有这个环节！而站在森明美身边的越璨，看到这突然发生的一幕，双眼霍然眯起，他紧紧绷起下颌，脸色越来越沉，渐渐发青。

白色蔷薇花的花海深处。

恍若是由淡雅的花香幻化成的俊美人影，身穿银灰色礼服的越瑄，手中拿着一只白色的首饰盒，他仿佛努力平稳了一下呼吸，抬步走向花海中央的叶婴。

"啊……"

翠西呆呆地张大嘴巴。

乔治、廖修和琼安也吃惊极了。

"啪！啪！啪！"

在最初的惊诧之后，满场的来宾们已经醒悟过来这一幕场面意味着什么，纷纷兴奋地鼓掌，等待着更加浪漫的时刻的到来！

"For better or worse. （无论幸福或不幸）

Till death do us part. （至死不渝）

I'll love you with every beat of my heart! （我用我每个心跳爱你）"

在沙哑深情的歌声中，越瑄走至叶婴的面前。两人周围是白色蔷薇的花海，越瑄的耳畔染着淡淡的晕红，低下头，他缓缓打开那只烙刻着蔷薇图案的乳白色首饰盒。

皎洁的白光中。

在首饰盒打开的那一瞬间，耀目灿烂的光芒折射出来！耀如艳阳，却又如黑夜般深不见底，盈盈闪闪，那竟是一枚黑色的钻石！距离近的宾客们发出一阵惊呼，这样大的钻石已是罕见，而这枚更是极其少见的黑色钻石，品相又如此之好，实在令人叹为观止。

"不知道这是否比星星还要闪亮的戒指……"

缓缓拉起她的右手，耳畔晕红，越瑄的眼底有微不可查的屏息，他深深地凝视着她：

"……你愿意接受它吗？"

叶婴的心脏猛地紧缩起来！

同样的，越瑄这求婚的告白如同一把闪着寒光的匕首，尖锐地刺入越璨的胸口！双拳在身侧不可抑制地握紧，越璨的心脏紧绷得似乎要爆裂，他不知道叶婴将会怎样回答，这等待如同凌迟的地狱一般漫长。

这一刻，越瑄也等了很久很久。

很久很久。

甚至在他还没有意识到自己在等候的时候，就已经开始在等待。无法见到她的那些岁月中，他遇到了这枚钻石，闪动着黑色的璀璨光芒，就像她那双漆黑美丽的眼眸。一个个深夜，他摩挲着这枚钻石，默默出神，他可以整夜地看着这颗钻石，却不知自己为何会凝视这么久。

"……你愿意吗？"

喉间压抑的咳意，令得越瑄察觉到自己胸臆间的紧张和窒息，久久没有等到她的回答，他淡淡垂下视线，只觉一阵空冷自体内蔓延开来。

"如果你愿意问我第三次，"从怔忡中醒转过来，叶婴做了一个决定，她轻吸口气，"也许我愿意回答你这个问题。"

于是在满场的静寂中。

在她的手背印下一个吻，越瑄再一次屏息静声问：

"叶婴，你愿意接受我的求婚吗？"

"I gove you everything I can.（我愿给你一切我所能给的）

I'll build your dreams with these two hands.（用双手为你筑梦）

We'll hang some memories on the walls.（永远保留最美好的回忆）

And when(And when)Just the two of us are there.（当你和我在一起）

You won't have ask if I'd still care.（你不会再对我的爱存疑）

Cos as the time turns the page.（任时光荏苒）

My love won't age at all.（我的爱永不老去）"

"我愿意。"

漆黑的眼瞳氤氲出薄薄的湿意，叶婴的唇角扬起一朵明亮的笑容。在满场顿时轰然而起的掌声和欢呼声中，越瑄的眼底绽放出同样明亮的笑意，而越璨却如坠冰窟，面容瞬间冷硬死白。

"I swear （我发誓）

By the moon and the stars in the skies.(以月亮星辰的名义)

And I swear （我发誓）

Like the shadow that's by your side.(我将与你在一起，如影随形)"

"这不可能！"

狠狠咬住嘴唇，眼看着越瑄郑重地将那枚黑色钻戒戴在叶婴的手指上，森明美整个人气得快要爆炸！

怎么会这样！

潘亭亭原本应该穿的是她设计的礼服，这原本是属于她的庆祝酒会！谢老太爷最心属的越瑄妻子人选是她！一桩桩，一件件，全都被这个不知从哪里冒出来的女人抢走！越瑄曾经是她的未婚夫，即使她不要他了，她也是这个世界上唯一配得上他的人选！

"爷爷和伯母都不在这里，这样的订婚简直荒诞——！"提高嗓音，盛怒之下的森明美已然顾不得什么仪态，她记得很清楚，就在不久前谢老太爷还在寿宴上亲口宣布她和越瑄之间的关系。

嘴唇上有着被咬出的血痕，森明美不顾一切地从宾客群中向前冲，带着恨意喊到：

"我要告诉大家，这样的订婚完全不能算数！"

冷眼看到森明美失去理智的行为，越璨的心脏僵冷如铁。很明显，选择在这里举行订婚仪式，越瑄就是为了避免被谢老太爷和谢华菱干扰，造成既定的事实。他这个弟弟，虽然看起来温顺淡然，但是对于自己想要做的事情，是不会妥协的。

他没有阻止森明美。

他很想看看，森明美是不是真的能将这场订婚闹得搅了局。

"森小姐。"

状若疯狂的森明美还没冲出去两步，就被谢浦挡住了去路。谢浦笑容秀雅，一只手轻轻扶在森明美的肩上，就使她左挣右扎都无法甩开。含笑抱歉地向周围宾客们解释着森明美喝醉了酒，谢浦一路将她"扶"向酒会大堂外的露台。

越璨冷冷一笑。

角落里的谢沣用眼神请示他，是否要帮助森明美摆脱谢浦的控制，越璨冷漠地摇头，没有让他行动。

庆祝酒会同时变成了订婚派对，大堂内的气氛更加热烈。辉煌梦幻的水晶灯，邀请来的欧美当红歌手们放声献歌，侍者们端着香槟服务于各处，宾客们快意地畅谈着，有些宾客已经喝醉，大声地笑谈。

叶婴的眼角余光看到发狂的森明美被谢浦弄出了大堂。

她默然一笑。

低头望着已经戴在自己指间的黑钻戒指，她又恍惚了下，才挽住越瑄的手臂，一边继续陪他同客人们寒暄着，一边不着形迹地拉他离开酒会大堂。

私人庄园内有越瑄专属的主卧。

叶婴小心翼翼地将越瑄扶到床上半躺好。虽然他的眼睛依旧明亮温柔，然而唇色已经苍白得吓人，眉宇间难掩疲惫，双腿僵硬得微微发抖。他勉力支撑着喝了半杯温水，温声说：

　　"别担心，我没事。"

　　为他按摩着双腿，她仰脸对他笑了笑，说：

　　"别说话了，赶快休息。"

　　"嗯，好。"

　　他温和地回答说，却继续望着她。

　　埋头按摩着他的双腿，她心中不是不紧张的，今晚这样连着几个小时的劳累，她很担心过度的疲劳会引发他双腿的痉挛，甚至引发他的哮喘。终于，按着按着，他腿部的肌肉渐渐松弛下来，她轻舒一口气，拭了拭额角的细汗，抬眼看去，见他依然专注宁静地望着她，眼底有着令她的心脏陡然漏跳一拍的感情。

　　"对不起。"

　　越瑄的声音宁静如窗外的星光：

　　"今晚太唐突了，有没有吓到你？"

　　"哦，有一点点。"

　　她的声音也很静。

　　"你……喜欢吗？"声音变得有些紧张。

　　"你呢？"她笑着反问。

　　"我一度以为你会拒绝我，那时候，我很害怕，"轻叹一口气，他温柔地握住她的手，"幸好，你是仁慈的。"

　　"……"

　　听到他说出"害怕"两个字，叶婴的睫毛颤动了一下，忽然不敢看他。

"婴，我还记得你曾经女王般地对我宣布，我属于你。"回忆着她霸道的吻上他宣告所有权的那一幕，越瑄的唇角弯起浅浅的笑意，手指拂过她指间的黑钻，然后他缓缓低下头，如虔诚的骑士般在那枚戒指烙下吻印——

"叶婴，从现在开始，我属于你。"

※　　※　　※

庄园中的酒会还在继续。

秋日的夜晚，夜风习习吹来，走在通往酒会大堂的花园中，只穿着一袭银灰色的礼服裙的叶婴感觉到几分凉意。在越瑄疲惫地睡去之后，她离开房间，来到这里。

看着右手中指上那枚闪动着神秘光芒的订婚戒指，她再度恍惚起来。

心乱如麻。

自少管所出来之后，她从未有过如此的混乱。是的，在维卡女王来到国内帮她站台的那一晚，她答应过越瑄，只要他能找到比星星还明亮的戒指，就答应他的求婚。

可是，那只是一时的冲动，或是感恩。

这些日子里，她不敢去弄懂自己对越瑄究竟是怎样的感情，也不敢去深究越瑄对她的感情究竟是真是假。她甚至希望越瑄对她只是利用和虚假，她不敢去想，如果越瑄的感情竟然是真的。

如果越瑄的感情竟然是真的……

在她的计划中，没有爱情和心软存在的空间，只有恨意，只有冰冷。她不该接受这枚订婚戒指，哪怕是在这样会伤害到越瑄尊严的场合，哪怕是听着那样的歌声、面对着他那样凝视的目光⋯⋯

她苦笑。

越瑄。

这是一个比白色蔷薇花还要纯洁、善良、芬芳的男子。

如果能够重来，她会选择别的途径，不会再故意接近他，让他经受可能由她带来的伤害。

黑色的钻石在她的指间闪动出深潭般的光芒，她面无表情地走着，酒会大堂就在前面不远处，已经可以看到里面辉煌的灯光、热闹的人影，音乐声混杂着香槟酒的味道，在这样的夜晚散发出纸醉金迷的气息。

茫然地站定。

她有些不知道自己为什么要回到这里。

又苦笑，也许只是不敢再待在越瑄的身旁，不敢再去想同他之间的关系。

夜风拂动，叶婴突然感受到一道充满恨意的视线，从酒会大堂外的露台上逼视而来！

几乎是同时，她浑身的细胞警觉起来。

叶婴扭头看去，茵茵的草坪，木质的露台，在晕黄色灯光的罗马灯柱旁，森明美已然喝得微醺，她的妆容有些残掉，双目微红，她身子微晃地坐在一张白色圆桌旁，大口地喝着香槟酒。

打个酒嗝，森明美盯着叶婴，摇摇晃晃地走过来，对她举一举半满的酒杯，含糊不清地说：

"恭、恭喜你，叶婴小姐。"

"谢谢。"酒气很是难闻，叶婴侧首避了避，皱眉说，"您请继续。"说完，不想理她，转身就走。

"哈哈哈哈，就这样？"

吃吃地笑着，在叶婴的身后，森明美越笑越控制不住，仿佛是见到了世上最可笑的事情，笑得眼泪都出来了。

"叶婴，我等了你整整一个晚上！整整一个晚上啊！你看，我多么配合，我一直没走，就等着你来炫耀，等着你来宣布你的胜利！怎么，只说这么一句话，你就心满意足了？你挖空心思，费尽心机，不就是为了这一刻在我面前炫耀吗？！"

瞪大眼睛，森明美扑过来，一把抓住叶婴的肩膀，嘶喊道：

"来呀！来炫耀啊！让我听听，你到底会怎么炫耀！来呀！你来呀！"

夜色中，森明美的怒喊如此尖利，引得花园中和露台周围其他宾客们纷纷行注目礼。很快的，一些黑衣的人影如烟云般出现，彬彬有礼地将四周的宾客们请到它处，与酒会大堂相通的门窗也被关闭。这块空间变得只属于叶婴和森明美。

"你喝醉了。"

叶婴厌恶地推开她。

"哈哈哈哈，"森明美大笑，笑声里充满恨意，她鄙夷地瞪着叶婴说，"你也觉得丢人是不是？连跟我炫耀都要清场！好，好，现在没有人了，来吧，来炫耀吧，来宣告你的胜利，来好好教教我，你究竟答应了潘亭亭什么，使得潘亭亭那个贱人背叛了我！"

"炫耀？"

拿走森明美手中那杯香槟晃来荡去的酒杯，叶婴淡然一笑，说："战胜区区一个你，也值得我炫耀？"

"你说什么？！"

那口气中的不屑与嘲弄，仿佛一个炸弹，顷刻间将森明美点燃，她双目喷火，怒吼，"如果不是你用了不知什么无耻的手段，今晚潘亭亭穿的将会是我的礼服！她亲口答应过我，会穿我的礼服！叶婴，你处心积虑！你不择手段！你恬不知耻！"

"假如是完全公平的竞争，潘亭亭会选择谁的礼服，试穿的当天就已经一目了然。"

淡淡笑着，叶婴慢条斯理地说：

"当然，用丰厚的条件，换取代言人穿自己的礼服，在商言商，也算不上什么不对。你既然可以许给她条件，我当然也可以许给她条件。指责别人的手段之前，请先想想是谁先这么做的。"

"……"

森明美恨得咬牙切齿，说：

"是越瑄对不对？！是你哄他帮你，他竟然被你骗得团团转……"

"原本这些条件是说服不了潘亭亭的，"不想听到森明美嘴里任何关于越瑄不堪的字眼，叶婴打断她，嘲弄地说，"我只给出了与你们相同的条件，而你们，有王牌不是吗？森小姐，你也真是舍得，为了今晚的这场红毯，居然舍得让你最爱的大少出卖色相。"

森明美的脸一阵青一阵白。

"你……你怎么知道……"

"呵，你以为我不知道吗？"笑了笑，随手将刚才的那只酒杯丢入垃圾桶，叶婴慢步坐到露台的圆椅中，又取了一杯香槟慢慢啜着，"越璨告诉潘亭亭，他对潘亭亭旧情难忘，只要她在颁奖礼穿上你的礼服，替他偿还了欠你的感情债，就不仅可以得到丰厚的代言和酬劳，他还可以重新回到她的身边。"

森明美面色僵硬。

"是这样，没错吧？"淡淡一笑，叶婴转动着手中的水晶酒杯，"这是潘亭亭无法抗拒的诱惑。所以大少和你都认为胜券在握了，哪怕有人拿出更高的条件，潘亭亭都不会动摇。所以，你才肆无忌惮地对我炫耀，甚至要安排这个庆祝酒会，宣布你的胜利。"

"那你……"

咬咬牙，森明美不甘心地问：

"那你怎么让她改变了主意？"

"呵，很简单。"啜着香槟，身穿银灰色礼服的叶婴在夜色中美丽优雅如月光，她慢悠悠地说，"你算对了潘亭亭对大少的痴心，却错估了她的智商。"

"能够在娱乐圈打滚这么久，潘亭亭并不是蠢笨的女人。"

瞟一眼面色铁青的森明美，叶婴语含嘲弄：

"男人的承诺就像海边的沙，风吹一吹就散了，只有傻子才会当真。潘亭亭是聪明的女人，她当然知道，在这个世界上，她能依靠的只有她自己。她必须把握住这次的机会，穿最美丽的礼服，以最美丽的形象露面，才能让好莱坞记住她，让国际顶级的制片人和导演记住她。一旦真正成为国际级的明星，她自然可以拿到其他更多代言的机会，自然会有更多甚至比大少更优秀的男人来追求她。当我将这些话告诉她，你觉得，潘亭亭还会再选择你的礼服吗？"

"你……"用手指住她，森明美恨得胸口急剧起伏，"果然是你！"

"所以，选择最后又回到了礼服本身，"优雅地喝完最后一口香槟，叶婴唇角露出怜悯的笑容，"你的礼服其实也还不错，可惜，只是跟我的设计相比还是相差甚远，否则今晚的庆祝酒会可能真的会属于你了。"

"叶婴——！"

那语气中的轻蔑令得森明美脸色"刷"地惨白，她气得声音颤抖：

"你说得再多，也掩盖不了你恶毒的用心！你是故意的！你敢不承认吗？！从一开始，潘亭亭这个企划案就是属于我的，是你硬要跟我抢！不，更早，高级女装品牌是我筹备了多年的项目，你非要挤进来插上一脚！你还……你还……"

"我还抢走了你的越瑄，是吗？"

替她说出来，叶婴的笑容妩媚艳丽得如同夏夜雨中盛开的绯红野蔷薇，她咯咯笑着说：

"你嫉妒了，对不对？呵，你以为我看不出来？你选择大少，是因为瑄一丁丁点都不在乎你，他不爱你，连喜欢都不喜欢你。而他爱上了我这个来路不明的女人，于是你嫉妒得发狂，你的自尊心碎成了一片片！你很嫉妒今晚的订婚对不对？你是不是很想成为我，很想取代我……"

"贱女人！我杀了你！"

被刺激得失去最后一分理智，森明美扑向叶婴，双手挥向那张美丽得令人厌恶之极的面容！疯狂的愤怒中，她想用指甲在那张脸上划出淋漓的血道！

"你去死！越瑄爱的是我！越璨爱的是我！全世界所有的人，爱的都是我！你这个贱女人，我会让你付出代价的！"

望着森明美朝自己猛扑过来的身影，秋夜的露台上，叶婴唇角的笑意冷去，回忆如一帧帧的画面，在她的脑海中播放。

父亲去世后的那一年，公司破产，家产被全部变卖，无处可去的母亲带着她去到了森家，那个曾经"亲切和蔼"的森叔叔的家。幼时敏感的她很快就察觉到异样和诡谲，那紧绷的气氛，母亲越来越濒于疯狂的举止，紧闭的房门内发出的各种令人作呕的声音。

她日益沉默，却依旧成为另一个芭比娃娃般女孩子的眼中钉。那芭比娃娃般的女孩子曾经整日围绕在她身旁，曾经像其他孩子那样整日赞美她崇拜她，试图成为她的好友。在那段日子里，她终于知道，一个原本看起来甜美的女孩子可以恶毒到什么程度。

她的作业本被撕毁。

她已为数不多的衣服被弄脏剪坏。

早餐时，她的头发被泼上冰冷的牛奶。

她的被子里被放满蟑螂。

当她依旧收到隔壁班班草的小礼物时，那女孩子大发雷霆，联合了其他几个女生将她的长发剪绞成仿佛狗啃一样。

……

她哀求母亲离开，母亲却无动于衷。于是她只得忍受这一切，忍受着来自那个女孩各种侮辱和谩骂，忍受着"森叔叔"抚摸她的面颊时令她作呕的手，忍受着"森叔叔"一日比一日露骨的眼神。

……

"我爸爸最爱的是我！你和你妈妈都是贱女人！滚！我要你们滚出我家！"在她的房间里，那个芭比娃娃般的女孩子对她疯狂地尖叫着，将课本和作业本扔到她的身上，脸上充满恶毒和恨意，"否则我会让你付出代价！我会让你变得比垃圾还脏！我会让你生不如死——"

……

那一夜，当脑袋剧痛的小小的她在陌生的房间陌生的床上里醒来，当她惊骇地看到躺在自己身边的那个浑身酒气的男人，当她崩溃地发现自己赤身裸体而身上满是污秽和淤痕……

"你错了。"

冰冷地捉住森明美挥舞过来的双手，用力一扭，听到森明美瞬时发出的惨呼，叶婴眯起眼睛，冷冰冰地望着她说：

"需要付出代价的是你！"

比垃圾还脏。

是的，自那一夜开始，她早已比垃圾还脏，脏得连她自己都觉得恶心。但，她并没有觉得生不如死。她要好好地活着！要亲手让那对父女得到报应！要让那对父女付出加倍的代价！

自那一夜起。

她知道了什么是地狱。

然后，一步一步地走入地狱的深渊。

她会在地狱的最深处等着那对父女，她会将加倍的痛苦和报复加诸在那对父女的身上！她不在意用任何手段，她不在乎任何付出和牺牲！她早已一无所有，她全部的快意都建筑在将那对父女踩入最黑暗痛苦的地狱！哪怕需要她来陪葬！

"呜……"

手臂被叶婴牢牢地钳制着，森明美痛得眼泪流了出来，原本就已经有些化开的妆容被泪水冲得更加狼狈不堪，眼线晕染成黑乎乎的一片。森明美痛苦愤怒地哭叫着：

"放开我！放开我！"

"哭什么，只有这点本事，你就想杀了我？"更加重几分力气，看着森明美那张痛得惨白的面容，叶婴冷冷地讥笑说，"放心，我不会杀了你，我只会慢慢地、慢慢地折磨你！"

"嘘，别哭。"

深沉的夜色中，叶婴压低声音，凑近森明美的脸畔，恶意地说：

"夺走越瑄，夺走高级女装计划，夺走潘亭亭，才不过是游戏刚刚开始！拜托你，坚强一点。我还需要你陪我继续玩下去，看着我是怎样一件、一件的，把所有原本属于你的东西，全——都——夺过来！"

这声音可怕如恶魔，森明美又惊又怒，颤抖地喊：

"为什么？！为什么要故意针对我！我究竟什么地方招惹了你，你这么恨我！"

"你会知道的。"

厌恶地松开森明美，叶婴用桌上的纸巾擦擦手，悠然地坐回圆椅中，向自夜色的草坪上走来的那个人影优雅地举杯致意了一下。她知道，刚才她和森明美之间发生的一切，那人全都看到和听到了。

　　"璨——"

　　如同见到了救星，森明美痛哭着向越璨飞奔而去，她一头扑进他的怀中，哭得全身颤抖：

　　"那个女人，她刚才全都承认了！她是故意针对我，故意插足高级女装，故意抢走潘亭亭，故意玩弄瑄的感情！你听见了是不是，璨，你全都听见了是不是?！"

　　"嗯，我听见了。"

　　月光下的越璨，眼底有深不可测的冷意，他敷衍地安抚了两下森明美，就将哭泣中的她交给谢沣带走，面沉如水地对叶婴说：

　　"叶小姐，我们需要谈一下。"

Chapter 4

如果不去碰触，那抹似幻影般的光亮或许
会永远留在那里。

庆祝酒会的音乐声低婉缠绵地流淌进来。

这是一间私密的小会客厅，钻蓝色的宫廷沙发，乳白色的精美茶几，低垂奢华的水晶灯，被严密拉紧的繁复的深蓝色厚绒窗帘，美丽柔软的深蓝色羊毛地毯。

乳白色的门被"砰！"地一声打开！

然后又"砰"地一声——

被饱满怒意的力量重重摔上！

像沙包一样，叶婴整个人被摔进钻蓝色的长沙发！虽然沙发是柔软的，她却依然痛得忍不住低咒了一声，眼前仿佛有金星晃动，手腕处刚才被他拉拽着的地方，火辣辣地在疼，她怀疑只要他再多用一分力气，她的手腕就会骨折。

"就这么狠心？"

吃痛地从沙发里爬起来，叶婴可怜地揉着自己发红的手腕，歪头靠在钻蓝色的天鹅绒沙发靠背上，斜睐着面前如冰塔般站立的越璨，委屈地说：

"在你的心里，森小姐就那么重要？我只不过是说了她几句，你就摆出这幅要吃人的模样。"

越璨面沉如冰。

他的眸底冰冷复杂，沉沉地，残酷地，一寸一寸地盯紧她。纵使在这样的强压下她依旧保持住了唇角的可怜笑容，全身的细胞却都立时警惕和战斗起来。他的目光寒冷如刀，落在她发红痛楚的手腕上，然后，瞳孔抽紧，又缓慢地，落在她的手指间，那枚同样闪烁着寒光的黑色钻石。

"漂亮吗？"

心念一转，叶婴迅速露出一个甜蜜的微笑，她举起右手，用左手手指温柔地转动那枚黑钻的订婚戒指，说：

"我对瑄说，如果他能找到比星星更闪亮的戒指，我就嫁给他。没想到，世上竟真的有如此美丽的钻石。"

在她洁白的指间。

钻石闪耀着黑夜般的光芒，如同一团火焰，神秘而热烈，又如深潭下的寒芒，有幽暗的波光。

"嫁给他？"

面无表情地重复着这三个字，越璨看着这枚恍如她黑瞳般的钻石，冰冷的唇角勾出一抹近乎残忍的弧度，说：

"假如越瑄知道，你心里爱着别的男人，在你的心里，一直记挂着、深爱着、难以忘却的，是另外一个男人。你以为，他还会愿意娶你吗？"

"哦？"

诧异地睁大眼睛，叶婴纯洁而无辜地望着他，惊奇地问："有这样一个男人？在我心底？我怎么不知道？是谁？"

越璨不怒反笑。

坐到沙发中她的身旁，他凑近她，身体前倾，浓烈的男性气息瞬间将她包围，她下意识地向后靠去，他如野兽般更加逼近她，将她困在沙发与他之间，盯着她，眼神冰冷，似笑非笑地说：

"那么，就让我友情提醒你一下。自从在谢宅中相遇，你就一次次地试图勾引某人，明示或暗示，你还爱着他，哪怕他曾经做过对不起你的事情，你也无法真正忘情于他。而就在几天前，在一间种满蔷薇花的玻璃花房里，你对他说……"

"你知道我最恨你什么吗？"
玻璃花房的门口，她的声音清冷地飘来：
"或许你是对的，或许我心底对你只有恨意，或许我对你的情绪复杂得连我自己也无法分辨清晰。然而，我最恨你的是，你并不肯一试。"
"越璨，从始至今，对不起我的是你。如果你的感情里连尝试和争取的勇气都不再有，所有的一切都将彻底死去！"

狠狠地闭上眼睛，所有的话语涩堵在喉间，胸口中疯涌出又涩又苦的情绪，仿佛要将他日积月累一层一层冷血铸就的堤坝冲垮冲塌。是的，他不敢尝试，他没有尝试和争取的勇气！
她只是在欺骗他。
她不可能还爱着他！
在他的失约害得她杀人、害得她母亲过世、害得她入狱之后，她不可能还会再爱他！她的眼中只有伪装的甜蜜，那是包裹住毒药的蜜糖。或许，他并不怕死于她的毒药，只是怕，那漆黑苦涩的毒药会将那记忆中最珍贵的甜蜜腐蚀。

雨珠从黑伞上滴落，苍白清冷的她走进面包店……

细雨中的绯红野蔷薇……

坐在对面的斜坡上，每晚等着她走出学校门口……

深巷中狂热的吻，翻滚着，纠缠着，夜空中绽放出的一朵朵瑰美浓丽的烟花……

"我对他说了什么呢？"

眼神纯真无辜得如同小白兔，她望着越璨，就像完全没有察觉到他神情中突然的痛苦沉黯和声音的嘎然而止。唇角一弯，她没心没肺，笑容甜蜜：

"继续说啊，这故事真好听。"

死死地盯着她，良久，越璨声音沙哑：

"故事？好，我的小蔷薇，你觉得，这是一个真实的故事，还是一个杜撰的故事？"

"问我吗？"她莞尔一笑，"应该是假的吧，你只是说来逗我笑的，对不对？"

"假的……"

越璨漠然地自语，面色渐渐苍白。

"一听就是假的啊，"她忍俊不住，笑得眼波盈盈，"被那人骗过，被那人伤害过，还无法忘情，还心里爱着那人。呵呵，除了傻瓜，谁会上当呢？"

"……"

眼底冰冷而死寂，越璨漠然僵硬地说：

"很好，你终于承认，那些话都是假的，是用来骗人的……"

"你不是早就这么认定了吗？"

淡淡地笑着，叶婴试图从他的禁锢紧逼中脱身出来。就在她接近成功的时候，他的手掌冰冷地攫住她，"砰——"的一拽，又用力将她拉倒在钴蓝色的沙发里！

"啊……"

她痛得呻吟一声，面色发白。她的双肩被死死按压着，肩部的骨头被他的双手握得如同要碎掉一般的痛，突然生出一丝恐惧，她看到了他俯视而下的，那张比她的面孔更加要苍白无数倍的面容。

胸口剧烈地起伏，他冰冷愤怒地逼视着她，带着难以掩饰的痛意，咬牙切齿地说：

"你在骗我……对不对……从始至终，你全都是在骗我！"

那种被人按压在沙发中的恐惧，那种属于男性的蛮横逼迫力，使得年少时那些黑暗可怖的画面在她的脑海中瞬间迸闪出来！身体克制不住地开始颤抖，全身似乎都被一层一层的纱布紧紧缠裹着，脑中仿佛裂开，她对他喊：

"你并没有上当，不是吗？！"

"是你告诉我，你早就忘记了我是谁！你在意的只有森明美，你让我不要妄图用过去的事情勒索你，你让我不要自作多情！为了森明美，你一次又一次地警告我、阻止我、破坏我！谢越璨，现在我跟越瑄订婚了，你却又来质疑曾经的那些话是不是在骗你？！"

在沙发中挣扎着，怒得两腮嫣红，她仰面瞪着他，眼瞳幽黑，愤怒地低喝着：

"骗你又怎样，不是骗你又怎样？！"

"亲爱的大少，这世界上不是只有你一个人！你高高在上，你不愿意帮我，自然有其他人愿意帮我！你太小看我了，你以为我没有你不行？！今晚，我跟越瑄订婚，明天，我就可以与他结婚！我爱怎么利用谢氏，爱怎么打压森明美，只要我愿意，我就会那么去做！至于你——谢大少，你管不着！"

"你————"

听着她这一连串的话，越璨的心底如同被千万匹马咆哮而过，痛得连呼吸都变得断续。他恨不得掐死她，恨不得将她的嘴咬烂！他知道，她是在骗他，就像在引诱越瑄一样，她只是想要引诱和利用他。可是，明知道这些，他竟终究有着那么一丝幻想，那么一丝丝的渴盼和希望，就像在万丈的黑洞中，洞口处那遥不可及的幻影般的一丝光亮。

"你这个恶毒的女人——"

双手颤抖着，越璨的眼底闪出疯狂，心中的恨意让他试图松开她，就让她这样走！再也不要看到她！再也不要让她影响到自己一丁点的情绪！可是，心中更深的恨意和痛意，却令得他的双手越收越紧，越收越紧，"咯！"、"咯！"，他的手掌爆出青筋，她双肩的骨骼是那么的脆弱。

她可知……

他如何敢去尝试……

如果不去碰触，那抹似幻影般的光亮或许会永远留在那里，而伸手去抓，梦醒后，只有深渊般彻底的黑暗。

"叶小姐。"

乳白色的房门外，突然响起叩门声和谢浦秀雅的声音：

"叶小姐，您在里面吗？"

如同骤然的梦醒，沙发里的叶婴猛地一惊，就在她尚自犹豫要不要出口呼救时，越璨狠狠俯首，将她按在沙发深处，带着泄恨般的蛮横和狂野，他用双唇狠狠堵住她的嘴唇，将她所有可能发出的声音全部扼杀！

她瞪大眼睛！

然后，她开始拼命地挣扎，喉咙里发出嘶哑的"唔"、"唔"声！那些如影随形般的噩梦，年少时黑暗的房间，那些无力挣脱的污秽和肮脏，她以为她有了力量，有了反抗的能力，然而在这个男人钢铁般的力量下，她竟然还是脆弱无能得像破烂布偶一样！

"……"

"……"

密不透风的厚绒窗帘，她拼死地反抗着，如同一条濒死的鱼！唇齿间，她也死命地躲闪着，躲闪不过，她突然开始撕咬他，咬住他的唇片，血液的腥咸弥散出来！她疯狂地反抗着，而他也同样疯狂着！她想要离开！她厌恶他的拥抱和亲吻！这个认知彻底让他失去最后的理智！

血腥的气息如同最烈性的春药，他用自己的身体将她死死压住！然后他用一只手捏起她的下颚，让她的嘴部无法合拢，他狂暴地深吻着她！残忍地深吻着她口腔内的每一寸，甜蜜的嘴唇，温热的颊壁，如同要吞噬般吸允着她的舌头，暴风骤雨般，他如野兽般撕咬吞噬着她的舌头，那滋味是如此的美好，胸膛剧烈地起伏着，他的双手变得滚烫，无法控制地开始抱紧她的全身！

六年。

整整六年的时间。

他没有再如此亲近过她，她冰冷却甜美得如同野蔷薇一般的身体，激情中，她的身体会变得滚烫，带他带到难以置信的天堂。整整六年，他的肌肤已经干渴得如同沙漠！他需要她！漫长的六年，他再也无法忍受没有她的日子，身体燥热像要炸开，喘息着，他狂烈地吻向她的面颊，她的脖颈，她的肩膀！

身体仿佛被火焰焚烧，有滚滚的熔浆想要喷发出来，他无法控制自己，剧烈地喘息！被烈焰燃烧得面颊潮红，他如青涩少年般吻向她的胸口，那冰凉美好的弧度，比记忆中更加的美好，他的手指开始颤抖，是那么地想去抚弄，想剥开她的礼服，可是又忽然开始害怕，就像近乡情怯……

不知何时，门外已经没有了声音。

厚绒的窗帘密不透风。

水晶灯静静垂着。

当越璨强自克制着喘息，勉强从叶婴的身上抬起头时，他的眼底有着属于男性的蛮横，面颊却染着绯色的红晕，狂野妖艳得仿若盛开的绯红野蔷薇。

他眼神迷乱地看着她。

她早已不再挣扎。

死寂地躺在钴蓝色的沙发上，如同已经死去，她面色惨白，紧紧地闭着眼睛，只有身体一阵阵的颤抖，证明她还活着。

心脏猛地收紧！

血色迅速地从他的面颊褪去，他握了握手指，嘴唇干涩地蠕动，却发不出一点声音。良久，他迟疑地用手指去碰触她的眼角，漆黑幽长的睫毛，雨雾般冰凉，那潮湿如泪的触感使他的手指被烧灼了一样，心脏剧烈地惊痛！

"蔷薇……"

声音干哑,他小心翼翼地将她从沙发中抱扶坐起,轻轻地,试图使她靠进自己怀中。睫毛冰冷地扬起,她冷冷地望着他,眼瞳幽黑,似嘲弄,似讥讽,她冷冷淡淡地看着他,仿佛她的灵魂锁在漆黑的深潭之底。

"……别这样。"

嘶哑地说着,越璨轻轻抱住她,用面颊贴住她冰冷幽黑的长发,他闭上眼睛,心脏被扯成一片片地痛。他明知她曾经遭遇过什么,年少时她身上那些污秽的淤痕,那是她心底永远难以忘去的伤口,而他却……

"对不起……"

喃喃沙哑地说着,他紧紧抱住她。

"对不起……原谅我,蔷薇……"

不敢去看她,他紧闭眼睛,用力贴住她的长发,在她耳畔一遍遍重复着。久久等不到她的回应,他的心底越来越绝望,如同他最后一点可以握住的东西也如细沙般地从指间流走。

"好吧,我认输。"

声音颤抖着,越璨死死将她的脑袋按在他的胸口,沉闷的回音在她的耳边近近又远远地传来:

"不要跟越瑄订婚,回到我身边。蔷薇,只要你回到我的身边,无论你要我做什么,都可以。"

※　　※　　※

窗外下起了淅淅沥沥的雨。

雪白的枕头上，越瑄沉默地躺着，身上的薄被依然还停留在叶婴离去时为他拉好的位置。谢平汇报完毕，关上房门离开，越瑄淡漠地望向窗外细密如丝的雨雾。

※　　※　　※

　　深蓝色的厚绒窗帘被拉开。

　　细密的雨丝交织在玻璃窗上，湿润潮湿的雨雾，叶婴将窗户打开一道缝，清新的空气灌进来，她深深吸了一口气，宴会大厅依然衣香鬓影、音乐悠扬，花园中的罗马柱灯光晕黄，灯下有一道远远的人影。

　　将方才散落的长发在脑后重新绾好固定。

　　叶婴慢慢转过身，望着越璨，她的眸底依然有着冷意，淡淡地说：

　　"你刚才说的话，是认真的吗？"

　　看着恍若女王般冷冷站在雨雾之前的她，越璨的心情又有些复杂，过了半晌，才回答说：

　　"我有一个条件。"

　　"哦？"

　　"离开越瑄，不要再跟他有任何接触，回到我的身边。"

　　"果然，谢大少的算盘还是打得很好，"叶婴嘲弄地笑了笑，"失去越瑄的帮助，我只能全部依赖于你，到时究竟要选择帮助我还是支持森明美，完全都在你的控制之中。"

　　"蔷薇……"

　　"你以为我有那么愚蠢吗？"望着夜色中朦胧的雨雾，叶婴"刷"地一声又将窗帘拉上，"大少，你可以回去了，你的森明美还在等你。"

心底燃起隐隐的怒火，越璨走到她的面前，低头逼视她：

"这么说，你不肯离开越瑄，你一定要周旋在他和我之间，是吗？！无论你想要做什么，我都可以帮你！我知道你对森家的仇恨，早在你还没出狱之前，我就已经在替你着手！我有完整的计划，好几次想要让你离开，一方面是为了你的安全，另一方面是不想让你破坏掉正在进行的事情！"

他咬牙切齿地说：

"好，既然你一定要亲手复仇，我也答应你！可是，你不能够在我和越瑄之间左右逢源！你是我的！蔷薇！无论是六年前，还是现在，你都是我的！每一根头发，每一寸皮肤，每一个呼吸，全部都是我的！"

叶婴仰起头，用冷冷的黑瞳回视着他：

"你的记忆出错了吧，越璨，即使在六年前，我也不是属于你的，更何况现在。你有你的计划，我也有我的计划，在我的计划里，越瑄是不可缺少的。所以，你的条件我不同意。你可以走了。"

看着眼底燃烧着怒火的越璨，她淡淡地说：

"或者你要跟刚才一样，再像强奸犯一般地侵犯我？"

"你——"

越璨用了全身的力气才使得自己没有如以前一样扼住她，手指握得格格作响，他深呼吸了两下，才克制着说：

"你到底要怎样？"

叶婴慢慢走到沙发坐下，手指摩挲着柔软的天鹅绒，过了一会儿，说："要么，成为我的伙伴，无条件地帮助我。要么，成为我的敌人，各安天命。"

空气静得诡异。

就在叶婴以为他会沉默至终的时候，听到身后传来干涩的声音：

"告诉我……"

声音顿了顿，有低哑的呼吸声，然后才又继续：

"……你爱越瑄吗？"

手指僵硬在天鹅绒的扶手上，叶婴的睫毛颤了颤，她知道这个问题答案的重要。狠了狠心，她想要回答，然而在心底的柔软处，却无法真的说出那两个字。

"不要爱上他！"

狂野的男性气息将她包围，小麦色的手掌握住她冰凉的手指，越璨握得很紧，试图将她握进自己的骨血中，紧紧地盯着她，霸道而专横地说："我可以答应你，在完成对森家的复仇之前，不干涉你任何事情。但是，我要你心底只有我一个人！爱我，专心地爱我！"

嘴唇动了动。

叶婴知道自己应该同意这个条件，可是，那心底柔软处骤起的酸涩，让她的声音又一次卡在喉咙里。

"你并不真的了解越瑄。"

将她细微的神情收入眼底，越璨苦涩地笑了笑：

"曾经我跟现在的你一样，喜欢他，信任他。他是我的弟弟，虽然我讨厌他的母亲，但我曾经愿意尽我所有的力量来保护这个弟弟。"

“可是……”

回忆变得痛苦，越璨的眼中闪过一抹狠厉。

“……外表纯良得像一只雪白的羊，却可以在关键的时候，给你狠狠的一刀。六年前，在约好的那一夜……”

“开门！”

乳白色的房门外突然传来大力的捶门声，然后是森明美醉醺醺的呼喝声：

“叶婴，你给我出来！出来！”

拼命地砸门声、踢门声，仿佛吸引过来了其他更多的人，在四周低语的议论声中，喝醉的森明美不依不饶地大喊大叫：

“给我滚出来，叶婴！我知道你在里面！你这个贱女人，为什么要把窗帘拉上！你想要勾引越璨对不对！出来，你给我——”

“砰”的一声，房门从里面打开，森明美踉跄着一头栽进去，越璨冷着脸，又“砰”地将门关上！

※　　※　　※

夜幕中，飘落的细雨如同透明的黑色琉璃，一切都被氤氲在雾般的潮湿中。庄园里，宾客们渐渐散去，只留下大堂内辉煌的灯光和渐弱的音乐。手拿一件轻软的披肩，谢浦笑容秀雅地站在小会客厅的门口，当叶婴走出来时，体贴地递给她。

“二少已经醒来了。”

谢浦没有解释为什么自己会在这里，也似乎并不在意留在房间内的越璨和森明美将会发生什么，他跟随着叶婴的脚步，对她说。

叶婴一怔，默默拉紧披肩。

"他找我了吗？"

走廊的尽头，美丽的花园被夜色中的雨雾笼罩，谢浦打开一把大伞，细心地为她撑在头顶，说：

"小心，有雨。"

与来时是相同的路，只是小径上的鹅卵石因为下雨的缘故变得湿滑难行了很多。在谢浦的伞下，叶婴慢慢走着，思忖刚才发生的一切。在越璨桎梏住她强吻住她的时刻，最初她的确被年少时的恐惧和绝望攫住，然而，在少管所度过了那肮脏的六年，这些又算得了什么。

脆弱和泪水果然是能够打败男人的利器。

她冷冷地想着。

原以为还要更加费些周章才能攻克已经心硬如铁的越璨，没想到，居然几滴泪水就帮她完成了。

薄薄的雨雾随夜风飘荡。

嘴唇抿成淡漠的角度，叶婴细细想着还有什么是可能被她疏漏了的。脑中闪过一个一个的人影，她握紧肩上的羊绒披肩，森明美接连遭受打击，心神已乱，不知藏在森明美背后的那个黑影，是否会终于走到前台。

她——

一直在等着。

手指死死绞紧披肩的细穗，阴冷的细雨自伞的四周飘落，她的长发被染上湿气，额际的那道伤疤苍白细长。她漠然地走着，直到谢浦扶了她一把，才察觉到脚前的台阶。

谢浦收起伞。

如同越瑄居住过的所有地方，走廊里整洁安静，安保人员们肃声待命，特护们也宁静地守在门外不远处，不发出一丝声音。见她和谢浦走过来，所有人安静地行礼。

卧室门口外，谢平眼神复杂地看了叶婴一眼，轻敲了下门，禀报说：

"叶小姐来了。"

然后等了两秒钟，扭开门锁，让叶婴进去。

房间里没有开灯。

一片黑暗。

骤然从明亮处走进来，叶婴的眼睛一时无法适应，晕了几秒钟，才看到落地窗帘是拉开的，轮椅中的越瑄背影清冷，细密透明的雨丝在整面的玻璃窗上冰冷交织，如同无穷无尽的水幕。

房门在她身后被关上。

她轻吸口气，扬起唇角，露出笑容，让眼眸也漾出温柔的光芒，脱下染着雨水湿气的披肩，轻快地走过去。

"你醒了。"

温柔地在轮椅边蹲下，叶婴仰望着越瑄，用手去握他的手掌，那冰凉的体温让她暗暗吃了一惊。

越瑄凝视着窗外的雨雾。

他目光遥远，眸色淡淡的，仿佛正在想着什么，带着千山万水般的疏离，将手掌抽离出她的掌心。她怔了下，睫毛不安地微颤，如此疏远和冷淡，是最初见到他时，他最常见的神情。

"瑄……"

掌心空落落的，叶婴心惊。小会客室外的谢浦，突然出现的森明美，以及方才自己同越璨之间的一幕幕，难道越瑄已经全部……

不敢再深想下去，内心蓦然生出一种不可名状的惶恐！她紧紧又去抓住越瑄的手，让自己眼神明亮，笑颜如花，轻松般地说：

"让我猜猜，是不是醒来后发现我不在，就睡不着，坐在这里等我呢？这样可不乖哦，今天你累了一天，要好好地饱饱地睡一觉才行。那，现在我回来了……"

"叶婴。"

声音淡漠疲惫如深夜中的雨雾，越瑄面色苍白地说：

"很抱歉，我做不到。"

"嗯？"叶婴一怔。

"我做不到，叶婴。"失神地勾了勾唇角，越瑄望着窗外，胸口有不易察觉的呼吸不稳，"如果你心底的那个人依旧是越璨，而不是我，我并不想勉强你。"

"瑄……"

指尖发白，她僵硬地攥紧他的手，脑中空白几秒，她急喘口气，急切地望着他：

"你误会了！是的，刚才我是同越璨在一起，但并不是你想象的那样！因为这次颁奖礼我战胜了森明美，所以她有些失控，同我起了一些冲突，被越璨看到。在小会客室里，越璨是在警告和威胁我，不许我再去招惹森明美！我不知道你误会了什么，可是，你怎么可以说出这样的话来！"

她仿佛失望般：

"而且，你派人跟踪我是吗？瑄，你竟然如此不信任我……"

目光缓缓地从窗外雨雾中收回，越瑄沉默地看向她，她亮如暗夜火焰的那双眼睛，因为怂然急切而艳丽晕红的双颊，她是这么的美丽，如同染着殷红血珠的白色蔷薇花。

良久。

他伸出手指，冰凉的指尖抚触着她美丽的脸庞，好几秒之后，手指慢慢下移，冰凉的指尖滑过她的下巴、脖颈，略颤了颤，停留在她的锁骨，哑声低黯地说：

"我多么想要相信你，叶婴。"

锁骨内的肌肤细白如瓷，在那里有一个吻痕，胭红如血，仿佛是被人缠绵入骨地反复地吸吮过。吻痕是在她的视线无法触及的地方，胭红而嚣张，仿佛是某人刻意留下的宣战旗帜。指尖涩痛地收紧，胸口处一阵难以忍受的憋闷和痛楚，越瑄闭上眼睛，涩声说：

"只是，我无法真正去做一个傻瓜。我以为我可以忍受你的欺骗，以为可以不在意你是出于什么目的接近我、不在意你想从我身上得到什么，也以为……我可以不在意你的情话中究竟有几分是真几分是假……"

胸口的气息翻涌越发激烈，呼吸变得短而急促，双手握紧轮椅的扶手，越瑄面孔苍白，神情却渐渐淡漠疲倦得如同无法触及：

"我现在知道，我做不到。你同他在一起，我的心会痛得难以忍受，嫉妒会让我想要失去理智。"

吃力地驱动轮椅，越瑄缓缓离开落地窗，窗外飘着细密的雨丝，她保持着跪坐的姿势，周身寒冷。这一刻，她突然慌了起来！她想要对他说，没有的，她没有欺骗他，她没有同越璨亲密，那都只是越璨强迫她，她爱的是他，喜欢的是他，是他误会了，是他冤枉了她！

她有千万种方法可以去挽回。

她可以撒娇，可以委屈，可以强词夺理，甚至可以表示愤怒，因为他喜欢她，他终是可以相信她的，因为他愿意相信她！

"越瑄！"

恐惧攫紧她的全身，从未有过的恐惧，仿佛有什么珍贵的东西要从她的掌心流走。追到他的身旁，那无法战胜的恐惧使得她在他的轮椅边哀求地仰起头：

"越瑄，你怎么会以为……"

"你走吧。"

掩藏不住神情中的失望和厌倦，越瑄唇色苍白，并没有看她，只是挥一下手，向门口的方向。

"不，我不走。"

深吸一口气，紧紧抓住他的轮椅，叶婴吃力地挤出一朵笑容，对他说："我们刚刚才订婚，我哪里也不去，我要留在你的身边，留一辈子，你别想赶走我！"

黑色钻石在她的指间耀眼地闪烁着。

是无比确定的宣告。

他是她的，她已经有了留在他身边的权力！

"如果喜欢这枚钻石，你可以留下它……"声音虚弱而疲惫，越瑄的目光只在她的指间轻轻一触就移开，他已开始无法控制胸口处的喘息，呼吸越发急促，面颊涌上潮红，他紧握住轮椅，双手的指骨发青。

"慢一点，平静！"

看出他的不对劲，叶婴心中一凛，急忙起身去顺抚他的后背，他的哮喘已经有相当长的一段时间没有发作。

"咝——厄——"

身体发抖，即使竭力克制，他的胸口依旧开始发出剧烈的哮鸣音，没有氧气，疼痛胀满得像要炸开，面色越来越潮红，眼前阵阵发黑，窒息的疼痛感使他的身体开始痉挛！

那熟悉的疼痛感……

那如影随形般自出生就死死将他纠缠的疼痛和窒息……

紧逼而来的疼痛中，他恍惚看到她惊慌呼喊的面容，一阵阵的黑影，她仿佛在试图让他张开嘴，好为他用药。胸口的氧气越来越少，窒息和疼痛如同恶魔的手，自脊椎冒出的寒冷让他仿佛回到了那个夜晚……花园里的蔷薇花即将绽放，而那时的他意识到，所有他爱的人……都将离他远去……

"越瑄！"

听到声音，门外的谢浦、谢平和特护们一拥而入。手持喷雾，叶婴急声唤着，她无法使越瑄张开嘴，无法帮他用药！牙关死死颤抖地紧闭着，越瑄的双唇已是紫青色，面色煞白又诡异地潮红，他整个人都在痛苦地痉挛颤抖，却任是特护和谢浦、谢平全部围上来帮忙，也无法使他将药吸进去！

窒息的黑影中。

所有的声音渐渐离去……

生命中只剩下她的那双黑瞳……恍若可以将他的生命全部吞噬吸入的那双美丽的黑瞳……

白色的蔷薇花海一丛丛一朵朵无声绽放，那静静坐在他身旁用树枝作画的小女孩……在繁星的斜坡上，从校园门口远远走出黑发冰瞳的少女，越璨回头对他说，看，那就是我喜欢的女孩。

轮椅中，少年的他静默地凝视那美如深夜的少女。

没有告诉越璨。

那也是……

他喜欢的女孩……

濒死的窒息在胸腔炸开！

黑暗将光影吞没，剧烈的疼痛中，耳畔回响起六年前越璨充满仇恨的声音——

"谢越瑄，是我瞎了眼，居然会把你当做我的弟弟！居然会信任你、相信你！你是这世上最卑劣无耻的人！你将自己伪装成善良的纯白，内心却比最污秽的东西还要肮脏！我会将你所做的一切都还给你！我会毁掉你的一切！我会让你痛恨自己为什么还活着！"

比最污秽的东西……

还要肮脏。

是的。

比最污秽的东西还要肮脏。

疼痛的巨浪将他淹没，一幕幕，一场场，那入眼的肮脏，让他日复一日地沉默。那个雨夜，她亲吻着他，抱着他滚进雨地的泥泞，她说，他现在同她一样脏。

可她不知，她是多么的错误。

她并不脏。

她干净得一如初绽的白蔷薇，即使被溅上泥点，花瓣本身依旧是洁白无瑕。而他，才是脏秽不堪，双手染着罪恶。纵使他可以为自己找千百个借口和理由，内心深处，他知道自己是怎样出卖了他们，毁掉了他们即将踏入的幸福。

"咝——厄——"

"咝厄——"

面容紫胀，身体痉挛地颤抖，巨痛席卷越瑄的全身，牙关依旧紧紧地死闭着，似乎不给任何人救他的机会！特护们慌乱已极，医生尚留在国内，美国的医生赶来还需要时间！

"二少！"

眼看情况危急，再顾不得许多，谢平冲上去准备强行掰开越瑄的牙关，为他喷服缓解哮喘的药物！

"你这样会伤到他！"

叶婴急呼，理智知道也许谢平的做法是正确的，可是，这样强行地掰开，越瑄一定会很痛！他的身体已经承受了那么多的痛苦，她无法眼看着他多承受哪怕再多一点点的疼痛！

她喊道：

"让我再试一下！"

忘记屋内的所有人，她伸出双臂环抱住轮椅中颤抖痛苦的越瑄，虽然不知他为什么抗拒用药，为什么宁可生命流走，但她可以感觉到他的疲惫与绝望，仿佛已经不再期盼，不再眷恋。

情急之下，她用力吻向他唇片！

他的唇片发紫、痉挛，因为缺乏氧气而僵硬颤抖，那吻上去的滋味并不甜蜜，反而如同一根针，用力扎在她的心尖！心尖痛得缩成一团，她还记得，在今晚蔷薇的花海中，他用那枚比星星还耀眼的钻石与她订婚，他亲吻她的手指，对她说，从现在开始，他属于她。

而只是短短的几个小时。

即使是在她的双唇下，他的眼底也没有对生命的希冀，仿佛对死亡无比漠然，没有恐惧。心中涩痛，她的双唇颤抖起来，用她全部的感情去吻他，她是这么的害怕，泪水滴入这个吻的隙间，咸而滚烫。她以为他是淡漠的，她以为他善良到不会在意她同别的男子接触，她没有想到他会有如此剧烈的反应。

"……越瑄……越瑄……"

有着泪水的吻涩咸难忍，她反复地吻着他，心脏痛绞紧缩。他是她最不想伤害的人，他是如此的无辜，在他面前她小心翼翼地收起尖刺，却依然伤到了他吗？

"好了，快起来！"

身后传来谢浦的喝声，然后她的肩膀被谢浦抓住拉开，谢平急切地将喷雾放入越瑄口中，喊着什么，一下下按压。眼前有迷蒙的水雾，耳边轰轰作响，不知过了多久，她隐约看到越瑄的哮喘渐渐得到控制，虽然面颊的潮红尚未褪去，汗水依然浸湿全身，但已然没有太大的危险。

"叶小姐……"

平板的声音里透出不悦，谢平想让叶婴离开这个房间，谢浦却阻止住他。虽然二少的发病与她脱不了干系，但毕竟也是因为她，二少最终软化下来。

将越瑄在床上安置好。

眼神谴责地看了眼叶婴，谢平板着脸同谢浦一起出去，房间里恢复了安静。

窗外纷纷的夜雨继续下着。

仿佛将会下一整夜。

床上，越瑄的眼睛静静地半睁着，没有睡，也看不出正在想什么。叶婴半跪在他的床边，保持着同样的姿势久久不动。她不敢碰他，不敢说话，一颗心如同被悬吊在伸手不见十指的深井，等待他的判决。

他的手指苍白修长。

指甲洁净。

如同生活在纯白的国度，每当在他的身边，她总会觉得自己一身污垢。或许，她是应该离开他的。她的仇恨又与他何干？垂下眼帘，叶婴苦涩地想着，将指间的黑钻慢慢褪下。美如天际寒星的光芒，终究她是不配拥有的。

"如果喜欢我……"

仿佛没有看到那枚黑色的钻戒已经褪到她的指尖，越瑄望着不知名的黑暗，声音低哑：

"……就只喜欢我一个……如果在你心底还有其他的人，就请你离开。"

睫毛猛地一颤！

叶婴不敢置信地望着他！

然后，她的嘴唇颤抖地蠕动着，又死死咬住。她发怔地望他良久，长长吸了口气，悄然将那枚戒指重新戴回自己的手指，她哑声说：

"是，我知道了。"

顿了顿，她掩住眼底的湿润，颤声说：

"谢谢你。"

接着，叶婴想起了什么，她匆匆离开床边去翻行李，从一个不起眼的牛皮纸袋里拿出一件东西，又回到床边。她的神情竟有些局促，将那件东西在手心又握了握，才对他说：

"这是我的父亲留下的。"

那是一只镀金的怀表，男士的式样，精致典雅，似乎曾是心爱之物，被反复地摩挲过，有温润的光泽。怀表的壳子上，烙刻着一朵初初绽放的蔷薇花，美丽传神，盈满灵气，正与她画夹上的那朵相同。

"……我想，把它送给你。"

不舍地用手指细细抚摸这只熟悉的怀表，它陪伴了她很多很多年。她曾经把它藏在床底，藏在窗外蔷薇花的花盆中，只为了不被人发现，可以在夜深人静的时候偷偷拿出来看一眼。

"……它是唯一的。"

慢慢拿起它，她轻轻将它放入他的掌心，将她最珍惜的送给了他。父亲的公司破产后，所有的东西都被变卖，那些父亲送她的各种首饰和小玩意全部不知所踪。

她只守住了这个。

在那些黑暗肮脏的岁月里，是它让她能够想到父亲的笑容，让她记起，她也曾经像小公主般被深深地爱过。

"……也许我最终还是会伤害你，也许我真的是一个很坏的女人，"她握起他的手指，让他握紧那块镀金的怀表，"可是现在，越瑄，我最不想伤害的就是你。在我心底，也只有一个人，那就是你。"

窗外的夜雨越下越急！
纷乱的雨点敲打在玻璃上。

越瑄定定地凝视着她，像是在分辨她的话语中究竟几分是真几分是假，突然，他用虚弱的手拉下她，在她毫无防备地跌落在他身上时，他用握着怀表的双手捧住她的脸，吻上她的双唇！
这个吻是虚弱的。
甚至那称不上是吻，他只是贴着她的双唇，而她怕压到他，用双肘在床上撑起自己的重量。可是，触觉是如此的深刻而敏感，她可以感受到他唇片的每一分纹路，唇片的苍白和微微的干涸，他虚弱吃力地吻着她，她甚至可以尝到他口腔中残余的药物气息，唇片在她的双唇上吃力而缓慢地移动，轻得如同一片羽毛，却清晰地每一分每一寸传入她的心底。
她是那样的……
被他爱着……
闭上眼睛，泪水漫过心底的干涸，从未有这么一刻，她深深感觉到，自己是如此地被人爱着。他微凉的体温，自她的唇片，一直一直熨到她的心底，将她冰冷干涸的那颗心，一点一点湿润。
他的吻是那样的简单。
没有任何花样。
甚至也没有如焚烧般的激情。
正如他对她的感情，只是简单的，犹如亘古的永恒。不知从何时，它已在那里，无论到何时，它永远在那里。

　　在深夜，这个简单的吻渐渐却变得比世上最激情的吻都令人难以忍受，她体内的每个细胞都变得异常敏感，异常欢畅，又生出无限的渴望。他似乎也是如此，苍白的面颊上晕红鲜艳欲滴，眼神迷离，捧住她脸颊的双手越来越用力，他开始吸吮她的唇舌，轻柔又有着难以克制的渴求。

　　"瑄……"

　　她喘息着离开一点，他的身体反应让她明白，如果不停止这个吻，将要发生的会是什么。然而，他吃力地抬起身子，又将她吻住。他无法离开她，他不愿离开她，他想要更多地得到她。他不知她会爱他多久，他不知他还可以拥有她多久，所以他是那么地想将自己给她，让她记住他，永远也不忘记。

　　怀表自他的掌心滑落。

　　落在雪白的枕边。

　　如同最青涩的孩子，他和她拥抱在一起，笨拙地吻着彼此。薄被滑落在地上，雨丝敲打着窗户，她伏在他的身上，用最轻柔的动作将他纳入，彼此融合的那一刻，他发出一声呻吟，仰起脖颈，身体阵阵颤抖，面容苍白又鲜艳……

Chapter 5

她是夜婴，是在最邪恶的充满罪恶的时分出生，
她是恶毒的，是一切灾难的源头。

窗外有清晨的鸟叫声，叶婴迷蒙地睁开眼睛，看到枕旁依
旧是那清宁干净的身影。她拱了拱脑袋，偎在男人那线条优美
的肩膀上，蹭了一会儿，懒懒地在他的肩上啾了一个吻。

"睡得好吗？"

晨光中，越瑄温和地问。

他习惯早起，却因为臂膀被她紧紧地抱住，只得一直陪她
躺到现在。轻柔地顺着她睡得有些凌乱的长发，他原本苍白的
面容，透出润红的色泽。

"嗯，做了个梦。"

闭着眼睛笑着回答，她像个小女孩一样继续偎在他的肩
窝，不肯松开他。薄被下，她光裸的腿也紧紧缠着他修长的双
腿，心中像是被什么塞满了般的满足，动也不想动。

颁奖礼的第二天森明美就回国了，又过了两天，越璨回去
了。而她和越瑄迟迟没有回去，留在这个庄园，如同世外桃源
一般，没有任何烦恼和事情，幸福得让她觉得是在梦中，不愿
醒来。

但乔治和翠西的电话一通接一通，催叶婴回国催得越来越急。

自潘亭亭在劳伦斯颁奖礼中，以叶婴那袭深蓝色星空礼服裙，在红地毯上光芒万丈艳压群芳，被全球各国媒体誉为颁奖礼最佳着装之一，一夜间红遍全球之后，"MK"的高级定制女装也在一夜间爆红，被时尚圈趋之若鹜！

很多贵妇名媛前往"MK"下单，许多国内一线的女明星们也希望"MK"能够为她们量身定做参加重要场合的礼服裙，一时间"MK"的订单暴增，乔治和翠西完全忙不过来。而且大多数客户指名要求由叶婴亲自设计，哪怕金额要高出两倍也毫不在意。

"恭喜你，潘小姐。"

手机里传来潘亭亭兴奋得意的声音，她告诉叶婴说，她刚刚拿到了两部好莱坞大制作电影的片约，虽然还不是女主角，但对于华人女星来说，这样的角色分量已经是史无前例了。

叶婴一边客气地应酬她，一边翻看翠西整理好的订单资料。订单太多，今后必须有数量的限制才可以，她默默地想着，听到潘亭亭又说，她打算再在"MK"订三套礼服。

"好的，乔治会联系你。"

结束完通话，叶婴喊翠西和乔治进来，让两人负责处理大部分的订单，而她只处理其中最重要的几单。乔治一脸激动，翠西也掩饰不住满脸的兴奋，两人没有想到叶婴会这么快就放手让他们接手设计。

"如果不是欣赏你们的设计风格，我为什么会把你们要过来呢？"叶婴含笑说，目送两人双手激动地捧着订单离开。至于潘亭亭，如果有时间，她还是会为潘亭亭设计礼服，但重点已不在潘亭亭身上，"MK"现在面对的是更为高级的顾客群。

※　　※　　※

两个月后。

森明美的办公室。

面对业绩报表，久久盯着那些数字，森明美面容僵硬。

廖修和琼安面露不安，这两个月下来，"MK"俨然已经在国际高级女装领域打响了名号，上周在纽约的著名音乐颁奖礼上，竟然有五位国际当红的女歌手都穿着"MK"的礼服出现。

而"森"的位置越来越尴尬。品牌没有被认可，原本依靠森明美的私人情面而被拉来的顾客，也没有再继续下订单。两个月的时间，"森"接到的单子只有三笔，而且这三笔全都给顾客在价钱上打了很大的折扣，连面料和手工的成本都合不上。

"森小姐。"

与琼安对视一眼，廖修尴尬地说：

"昨天翠西再次打来电话，问需不需要为我们介绍顾客。翠西说，自从'MK'限定每月最多只接20笔订单，有大量的顾客无法接待，如果我们有需要，她可以……"

"啪——"

手中的报表狠狠摔在桌面，森明美怒视廖修，一向优雅的面容竟显得有些狰狞，厉声说：

"我已经告诉过你！'森'不接受施舍！她们以为她们是

什么东西！她们不想要的，就想来扔给我？！廖修，你如果觉得‘森’没有前途，想转去‘MK’，那现在就去，我绝不留你！琼安，你也是一样！你们以为我不知道你们在想什么？！你们后悔了，你们觉得当初就不该跟我！好啊，你们走！全都走！统统走——”

“森小姐！”

琼安皱眉，力图保持平静。她从事设计师已经十几年，是看着森明美进入公司的。虽然森明美的父亲是光芒耀眼的设计大师，但森明美本人优雅谦逊、颇有才华，令她非常欣赏，多年来也尽心协助她完成一系列的工作。而这段日子，森明美变得越来越心浮气躁，屡屡失态。

毕竟是年轻人。

心高气傲，一时受不了打击也是有的，琼安心中为森明美开脱着，缓和气氛地说：

“每个品牌的诞生都会有一些波折，‘MK’这次凭借潘亭亭名声大振，‘森’今后也会有自己的机会。而且同属谢氏集团，‘MK’发展的好，对‘森’也有帮助，两个品牌可以一起做些活动……”

摇摇头，森明美无力地撑住额头，深呼吸。

她知道自己失态了。

这些天她的心底仿佛有燥郁的火在焚烧，一切都不顺心。越璨对她越发的疏离，那晚她对越璨同叶婴拉上窗帘单独相处那么长时间大发雷霆，同他冷战，他并没有试图挽回，竟将她冷在一边。

“森”的业绩不好，虽然有谢爷爷安慰她，但是谢华菱给她的压力越来越大。谢华菱这个女人，以前同越瑄在一起的时候，她对自己照顾有加，现在却对自己冷淡极了！

她又始终联系不到父亲。

同父亲失去联系已有很长一段时间，以前父亲也有过游玩不知所踪的时候，却从未这样的音信全无。她日夜焦虑，不仅因为无法得到父亲的指点和支持，也心中惴惴的，开始担心父亲的安危。

至于叶婴……

那就像扇在自己脸上的一记耳光！

"对不起，我刚才情绪激动了。"手指揉着额角，森明美说，"可能以前我们都太顺利了，现在……"

"没关系。"

廖修理解地说，琼安也欣慰地点头。

"叶婴确实有能力，"抿了抿嘴唇，森明美说，"原以为'MK'一下子接到那么多订单，会忙不过来，设计水平也会下降。她却开始限量，每月只接20单，使得顾客们对她的品牌更加趋之若鹜，价格也能够再提上去一些。"

面色凝重，森明美继续说：

"她也舍得放手，每月20个单子，乔治和翠西就接手了12单。先由乔治和翠西画好设计图，再由她来修改定稿，居然效果也很是出色。想不到她居然还有导师的能力，以前乔治和翠西在设计部并没有显现出来多少才华。"

森明美一笑，对廖修和琼安说：

"当然，即使是现在，乔治和翠西同你们二位相比，还是相差甚远。"

"叶小姐很有头脑。"琼安中肯地说，"如果所有设计都由她一人完成，除了工作量大、很辛苦，也容易导致设计风格受局限。而将乔治和翠西截然不同的设计风格糅合进去，出来的作品会更加丰富和多变。"

"是，她有商人的头脑。"微微挑眉，森明美钦佩般地说，"所以输给她，我也……心服口服。"默声地，淡粉色的指甲断裂在掌心，在中指的肉里留出一道深深的白色折痕，森明美拿出指甲刀，面无表情地将破损的指甲修掉。

※　　※　　※

西点店的门口挂有一面漂亮的旗子，底纹是红白格。
中间绣有一朵粉色的蔷薇。
明亮的橱窗里摆着各式各样诱人的糕点。

风铃响动。
穿着围裙的小沅抬头，看到进来的那个耀目狂野的美丽男人，立刻熟稔地笑着说：
"谢先生，您来了。今天还是两只红豆面包吗？"
"对。"
望一眼墙壁上的时钟，还差二十五分钟下午四点，越璨笑着点头，那笑容里掩饰不住的亮光使得小沅好奇地问：
"很少看到您这么开心，是一会儿要跟女朋友约会吗？"

唇角的笑容灿烂耀眼，越璨说：
"嗯，她约我见面。"

"真好！"

小沅高兴极了。三年前店里经营遇到了问题，差点倒闭，是这位谢先生资助她们度过了难关，母亲和她一直把他当做恩人。这三年来，谢先生一直是沉郁寂寞的，能看出他有很多心事，并不快乐。

她知道谢先生有一个女朋友，他的女朋友很喜欢吃红豆面包，谢先生经常为她买红豆面包回去。

一度，她猜测谢先生的女朋友也许不爱他，或是已经分手，甚至已经过世了，否则怎么会任由谢先生如此的不快乐。

现在好了。

不知他那位喜爱吃红豆面包的女朋友做了些什么，谢先生仿佛一夜间年轻幸福了起来。原本就英俊耀眼的他明亮得仿佛盛夏当空的艳阳，偶尔的一笑，比满室的面包香更要迷人。

爱情真是令人向往，不知何时才能遇到自己的白马王子呢，小沅笑呵呵地想着，手脚麻利地将两只特意为他留着的红豆面包从柜台里拿出来，说：

"这是妈妈用昨天新进的红豆做的，很好吃呢。是要包起来对吗？"说着，小沅拿出一只纸盒。

"我自己来。"

接手过来，越璨亲手将那两只新鲜的红豆面包先套进塑料袋，再放入纸盒中。红白格子的纸盒，驳口处是一朵美丽的粉色蔷薇花，他欣喜地拿起它，里面有面包的温度透出来，沉甸甸，温暖暖，就像他此刻跳跃期盼的心。

他失笑了一下。

怎么还是跟六年前的每次约会一样的青涩紧张呢？甚至心

跳得比那时还要更快些。

"叮！"

手机传来短信的声音。

越璨拎着纸盒，一边大步向西点店门口走去，一边掏出来手机。看到短信的内容，他的脚步一顿，神情变得复杂。

※　　※　　※

手机震动了一下。

有短信。

车内的叶婴拿出来看，先是一惊，然后她呆住，脸色越来越难看，身体慢慢变得僵硬。司机担心地从镜中打量她，问：

"叶小姐，您身体不舒服吗？要开回去吗？"

"不用。继续。"

死死握住掌心的手机，叶婴脑中一片空白。车窗外的景物倒退而去，她的心脏如同被突然浸入冰水，部署了许久的计划，顷刻间轰然倒塌！

※　　※　　※

"你说什么？！"

律师楼里，森明美面色惨白，惊骇地瞪着面前的律师，她无法去相信自己听到的这些话！

"我的父亲……"

身体剧烈地颤抖，森明美的声音支离破碎：

"……游轮出海的时候，落水身亡？"

这是不可能的！

她的父亲……

亚洲时尚圈最杰出的时装大师，被无数人赞誉的，她的父亲，森洛朗大师……

"你骗人！"

死死揪住律师胸口的衬衣，森明美的面容惨白得已经有些狰狞，嘶吼说：

"我的父亲怎么可能会死？！他只是在国外游玩！他只是玩得太开心，忘了打电话回来！我命令你，现在就去意大利！给我好好地查，是谁胆敢写这么不负责任的内容！我要告他，要追究他的法律责任！"

她在等父亲回国。

她一直在苦苦等待父亲回国！

为了父亲，她多来年努力筹备，创办高级女装品牌"森"！为了父亲，她立志成为新生代中最优秀的设计师！为了父亲，她要打败叶婴，扫清挡在前面的一切障碍！

她的父亲！

森洛朗大师！

绝不可能会死！

绝没有可能！

※　　※　　※

“这不可能……”

　　几份意大利文的报纸，在社会版头条新闻那里都刊登了一张当地渔民从海中打捞出一具尸体的照片，叶婴僵硬地看着那些文字，虽然刚才已经得知森洛朗死亡的消息，可是她始终存有一份幻想。

　　“……尸体已初步确认为亚洲的时装设计大师森洛朗……”

　　叶婴呆呆地看着，心中说不出是什么滋味。仇人已死，按说应该感到快意。可是，她准备了那么久，决心要森洛朗一步步地失去所有，踏上被毁灭的道路。她要让森洛朗慢慢品尝绝望和痛苦，把她曾经承受过的千万倍回馈给他！

　　怎么可能……

　　这么轻松、这么容易地就死了？

　　浑身的力量被抽尽了一般。

　　失神地跌坐进沙发，叶婴闭上眼睛，额角突突直跳。私人会所的房间是地中海风格，清雅华丽，白色花框的落地窗外，绿树成荫，鲜花盛开，喷泉飞溅，小鹿悠然。但这一切都离她那么遥远。她苦心布置的所有，忽然间全都失去了意义。

　　“难怪这么久一直没有森洛朗的任何消息。”对面的蓝白条纹沙发里，越璨拿过报纸，仔细又看了一遍，说，“以尸体的腐烂程度来看，至少已经死亡两个月以上。”

　　看一眼恍惚失神的叶婴，越璨犹豫一下，说：

　　“你放心，他死得并不轻松。”

　　叶婴缓缓睁开眼睛：

"……"

"从我这里得到的消息，意大利的警察已经做过尸检，森洛朗在落海前遭受过长达一个多月的禁闭和虐待，落海身亡可能并不是意外，而是有人有意为之。"越璨将情况告诉她，"只是因为案件调查的关系，这些细节被隐去了。"

"你怎么知道这么多？"叶婴怀疑地问。

"我曾经在意大利呆过两年，认识当地的一些人，"越璨走过来，在她的身旁坐下，"森洛朗应该是得罪了某位意大利黑手党的头目，才会如此。"

"因为什么？"叶婴追问。

"具体我也不太清楚，"越璨笑一笑，安慰她说，"不管怎样，森洛朗死得很痛苦，这是他罪有应得，恶有恶报。虽然不是你亲手报仇，但上天已经替你惩罚了他。"

叶婴怔怔望着窗外碎金般的阳光。

喷泉里有透明的水花，树上的绿叶沙沙作响，一丛丛的鲜花芳香美丽，几头小鹿悠闲地在草地上漫步、吃草。

她沉默了良久。

"我回去了。"

抓起随身的包包，她面无表情地说。刚起身要走，她的手臂就被越璨抓住，一把将她按回沙发深处！

"这么着急？"

瞟一眼墙壁上的时钟，越璨似笑非笑地说：

"一共才待了不到二十分钟，难道你接下来还要跟越瑄约会？这么着急要走。"

偏头离他远一点，叶婴冷冷地说：

“放开我！我跟越瑄有没有约会，你管不着。”

“哈！”

闻言，越璨气得笑了，说：

“你一通电话，我就巴巴地挪开所有的事情赶过来。结果才几句话，你就要丢下我，回去越瑄身边！你到底把我当成什么？召之即来、挥之即去吗？”

回视着他，叶婴眼底冷淡地说：

“那下次我电话给你，你不要出来就是了。”

“你这个——”

咬牙切齿地低咒着，越璨逼近她，用额头抵住她的额头，他的眼中有怒火，呼吸灼热：

“你是故意折磨我对不对？一会儿主动约我，让我欣喜若狂，可笑得像个刚恋爱的男生。一会儿又对我冷若冰霜，让我不知所措。”

被逼得仰躺在蓝白条纹的沙发上，被他用额头厮磨着，叶婴有点心惊地望着他那张近在眼睫的面容。

浓丽而嚣张。

散发着危险狂野的男性气息。

虽然此刻他是用着微忿温软的话语，可是她深知，如果她的回应惹怒了他，他也许会做出令她难以承受的事情！

“我只是觉得，这种感觉很不好。”

避开他火烫的目光，叶婴勉力侧过头，睫毛在洁白的面颊映下深深的阴影，说：

“就像在偷情，就像……”

凝视着她，越璨皱眉。

苦笑，叶婴继续说：

"……就像你和我是一对……偷偷摸摸的奸……"

"够了！"

无法再听下去，越璨厉声打断她。自沙发中放开她，他浓眉紧皱，研究着她面容上每一个细微的表情，说：

"只是因为这样？"

"嗯。"

指尖摩挲着沙发蓝白条纹的纹理，她漠然回答。

"既然这样，那我去对越瑄说，"越璨目不转睛地盯着她，"你爱的是我，不是他，你要离开他，我们两个要在一起！"

睫毛一颤。

叶婴眼瞳漆黑地看回他：

"不。"

"你——"

越璨心中一怒，叶婴截住他，淡淡说：

"越瑄还有用。虽然森洛朗已经死了，但是被他偷走的'JUNGLE'，必须拿回来。还有森明美……"

目光变得阴冷幽长。

勾一勾唇角，叶婴又嘲弄地对越璨说：

"至少目前，越瑄比你可靠，他从没有背叛过我。我宁可舍弃你，也不可能舍弃他。"

这句残忍的话如同一根钢针！

越璨痛得心脏紧缩，胸口处腥气翻涌。从她冰冷漆黑的眼瞳中，他明白她是故意的，她从未原谅过他，所谓的合作也只是她在恶意地利用和折磨他而已。

但，即使如此，他又能怎样。

目光黯然，半晌，越璨伸手轻轻抚上她额角那道细长的疤痕，掩饰住心底泊泊流血的伤口，对她说：
"没错，以前是我不好。"
叶婴却越发警惕起来，打量他：
"你想做什么？"

"把你的计划告诉我……"
没有回答她这句话，越璨的目光缓缓从她的额头移开，落在她指间那枚如寒星般闪耀的黑色钻石戒指，说：
"……我会帮助你。"

旁边的小圆桌上，放有一只红白格子的纸盒，驳口处是一朵美丽的粉色蔷薇花，仿佛被人遗忘了，在阳光飞旋的灰尘颗粒中。

※　　※　　※

因为森洛朗的意外死亡，他的独生女儿森明美继承了他所有的遗产，包括与谢氏集团共同持有的国际著名时装设计品牌——
"JUNGLE"。
时尚界顿时引发一阵热议！
对于各时尚品牌的传承而言，掌舵人或主设计师的改变，对品牌影响深远。有出色的创立人或主设计师，品牌才能在时尚圈站住脚，而随后接任的主设计师决定着这个品牌是会继续大发光芒，还是渐渐被人淡忘。

"JUNGLE"是由天才的亚裔设计师，被誉为设计鬼才的莫昆一手创立的。莫昆热爱丛林和探险，长年生活在非洲的热带雨林，他的设计作品充满狂野热情的气息，风格大胆，有超乎寻常的想象力。

莫昆辞世后。

"JUNGLE"由森洛朗继承。

森洛朗是跟随莫昆多年的助理设计师和亲传弟子。虽然没有太多独特的个人风格，但森洛朗在设计风格上颇得莫昆的精髓，在设计理念上也是一脉相承，很多设计作品简直如同是莫昆再世亲手完成。

"不过最近几年，'JUNGLE'在各大时装周上推出的系列都显得陈旧，了无新意。"乔治一边画着设计稿，一边嚼着口香糖，对埋头画图的翠西说，"我还听说，其实森洛朗大师并没有太多才华，只不过是手头有很多莫昆大师废弃的旧稿，才能支撑。"

"怎么会……"

翠西听傻了，不相信地摇头。

"哼，我倒觉得是真的。"乔治手中刷刷画着线稿，"不信你去看看森洛朗大师接手后，前几年的设计，完全就是跟莫昆大师曾经发表过的作品系列一模一样，后来的设计不过就是修修改改。"

"也许是……"翠西努力想着，说，"森洛朗大师是莫昆大师的弟子，为了尊重莫昆大师的设计理念，才刻意这么做

106

的。"

"也许吧。"

乔治不屑地说。

"现在'JUNGLE'由森小姐继承了，"茫然地停下手中的笔，翠西叹口气，"森小姐的设计风格同'JUNGLE'的风格相差很远。"

不知对"JUNGLE"来说是祸是福。

森小姐会很踌躇吧。

怅然地想了一会儿，翠西摇摇头，继续去完成叶婴交代下来的工作。这一点上，她和乔治都很感激叶婴，叶婴不仅放手给他们设计的机会，也会亲自修改他们完成的设计图，往往只是略动一两处地方，就可以如点睛之笔，使整个设计绽放光芒。

跟着叶婴以来，乔治和她的设计功力进境非常迅速。

※　　※　　※

谢宅。

夜空深蓝。

繁星点点。

落地窗前，叶婴沉默翻看着乔治和翠西送过来的一叠设计图，这是为谢氏的成衣系列设计的图稿。手指翻开一页，又翻开一页，乔治的设计带有重金属的摇滚气息，翠西的设计秀雅精致。

"每个设计师都有自己独特的气质和风格，如果只拘泥于自身，就会有局限，太过单一。"热带雨林里，满脸胡须的父亲一边陪小时候的她素描一种从未见过的锯齿类植物，一边对她说，"尤其是设计成衣，那种大批量的生产，可以多多吸收团队里其他设计师的优点，抓出一个属于自己的新颖闪光的精髓，一以贯之，就能够即灵魂统一，又常变常新。"

"所以爸爸就是这么做的吗？"

小小的她疑惑地抬起头，可是她从没有见过父亲去看别人的设计图啊，除了森洛朗叔叔，父亲的公司里也没有设计师团队。

"哈哈哈哈！"

父亲的笑声回荡在茂密的热带雨林。

"就是因为爸爸做不到，才希望爸爸的小蔷薇能够做到啊！每一个能够真正立足于国际的顶尖品牌，都有自己成熟的设计师团队。爸爸太孤僻了，又喜欢在森林里生活，所以设计图都是爸爸自己一个人完成。维卡女王批评过爸爸，说爸爸的设计风格太小众，虽然被时尚圈推崇，但是真正成衣的销量却比不上很多名气不太高的品牌。"

"爸爸希望成衣的销量变好，是吗？"

当时的她虽然小，但也明白，只有成衣销量好，才能赚到更多的钱，给妈妈买很多漂亮的珠宝首饰，买妈妈一直羡慕的谢家那样的豪华游艇。

"是啊，"父亲用炭笔帮她改动素描稿上的细节，笑着说，"等你长大，就去帮助你的森叔叔，把'JUNGLE'的高级女装和成衣系列都做好，以后再继续传承下去，把

'JUNGLE'打造成一个时尚帝国，好不好？"

"好。"

小小的她用力点头，说：

"到时候，爸爸想去哪里玩，就去哪里玩，'JUNGLE'交给森叔叔和我打理就可以了！"

"乖，真是爸爸最心爱的小蔷薇—"

开心地大笑着，在藤蔓茂密的热带雨林，父亲抱起她、亲吻她！

落地窗外，点点星光，蔷薇一丛丛的绿色细碎叶片在簌簌作响，叶婴沉默地望着手中的设计稿。

"起风了。"

不知何时，越瑄已来到她的身边，他轻柔地将一件披肩搭在她的肩上，又为她拉上窗户。

"你忙完了？"

将设计稿放到旁边的桌上，叶婴倒一杯水给他。今晚谢浦来了，在隔壁的书房向越瑄汇报公司的事情，她以为越瑄会像前几天一样忙到很晚，没想到一个多小时就结束了。

"嗯。"

越瑄静静地喝完半杯水，说：

"早些睡吧。"

望一眼那叠设计稿，叶婴犹豫一下，点头说：

"好。"

同越瑄一起洗漱完毕，关了灯，躺进宽大柔软的薄被里，窗外已经细细簌簌地下起了小雨，叶婴像小女孩一样抱住越瑄的胳膊，闭上眼睛，培养睡意。

"阿婴，你有想去哪里玩吗？"黑暗中，越瑄忽然出声说，"或者，过几天我陪你去看电影？"

用面颊蹭了蹭他的胳膊，叶婴打个哈欠，笑着说：

"你是在约会我吗？"

"……最近太忙，没能陪你。"顿了顿，越瑄说，"森洛朗的事情……"

"好啊，我想去看电影！"

被他一提，她的兴致也起来了。她跑下床去拿来ipad，查找最近将要放映的电影有哪些。盘膝坐着，她研究各个电影的预告片，最后确定下来，开心地对他说：

"我们去看《复仇者联盟》好不好？里面有钢铁侠、绿巨人、美国队长，虽然钢铁侠最酷，但我最喜欢绿巨人！他一发怒，就会变成一只巨大的绿色怪物，力大无比……"

听着她欢快的声音，越瑄笑了笑，说：

"明天晚上，我们就去？"

"好啊！"

叶婴用力点头，躺回枕头上，笑眯眯地重新搂紧他的胳膊：

"还要买两桶爆米花！"

"嗯。"

越瑄的心中也开始期待。

其实他从未在电影院看过电影，也并不知道钢铁侠、绿巨人、美国队长都是谁。想着这些，唇角的笑容使他清冷的面容变得柔和温暖，等电影看完，他便同她有了更多的话题。

"谢浦好像知道你和我那什么了。"

莞尔一笑，叶婴瞟着越瑄说：

"他看我的眼神跟以前不一样，昨晚他还跟我说了几句话，又隐晦又古怪地对我说，要我好好待你。是你告诉他的吗？"

"没有。"

越瑄一怔，慢慢摇头：

"他好像是自己看出来的。他还问我……"

"问你什么？"

"……"

意识到自己的失言，越瑄懊恼地闭紧嘴巴。

"难道是……"想了想，叶婴突然吃吃地笑，凑在越瑄耳边低声说，"他看出来你已经……"

黑暗中，越瑄窘迫地翻过身去，背对着她。

"他居然连这都能看出来。"

吃惊地笑着，叶婴向他依偎过去。她用手臂搭住他的腰，面颊贴在他后背的肌肤上，能听到他心脏的砰砰声。

"你喜欢吗？"

呢喃地问，她的唇片在他背部的肌肤上摩挲。

"什么？"

"那个……"

"哪个？"

"谢浦问的那个……"

低声笑着，她用搭在他腰部的手指，缓缓向下，一路向下，他的身体如触电般战栗起来，还没来得及阻止她，一声呻吟已从他的唇中逸出。

窗外细雨绵绵。

不知过了多久，雨渐渐停了，云层散开，星光依旧明亮，只是窗畔的蔷薇叶片染上点点湿润晶莹。

雪白的枕头上，越瑄面颊潮红，呼吸未稳，身上有细密的汗珠。叶婴用干净的毛巾细细为他擦拭，他挣扎着缓过神，急忙阻止她，说：

"我自己来。"

没有坚持，叶婴将毛巾交给他，懒懒地躺回他身边，回味着方才那一刻体内如同天堂般的快意。

"瑄，我喜欢。"

撒娇一样，她吃吃笑着说。她喜欢看他清冷得如同不食人间烟火般的面容，变得同她一般堕落。只是，他是堕落红尘，而她是堕入深不见底的黑洞。

低叹一声，越瑄轻吻上她笑意弯弯的双唇：

"……我也喜欢。"

"哦，"他的双唇如同清凉微甜的泉水，叶婴忍不住回吻住他，深深地回吻他，动情地叹息说，"你这样……我会想……再喜欢你一次的……"

"那就……"

他喘息着加深了这个吻。

"可是你的身体……"

同样喘息，她内心挣扎着，却又不舍得真的离开他那美好无比的身体。

"我可以的。"

眼底染上一抹恼意，越瑄重重吻上她绯红如火的面颊，纤弱修长的身体紧紧将她覆住……

落地窗外。

蔷薇叶片上的水珠，一滴滴滚落。

越瑄沉沉睡去了。

身体疲倦至极，仿佛每一根骨头都松掉了，叶婴却一丝睡意也没有。极度的绚烂，极度的满足，仿佛在透支生命中最美好的东西，她温柔望着越瑄清冷宁静的睡颜，心中却突兀地，闪过另一张浓丽狂野的面容。

深呼吸坐起身。

是罪恶感吗？

她茫然睁大眼睛。

是的，那强烈的让她快要窒息的，应该就是罪恶感吧。可是，她望着房间内属于夜晚的黑影，又有什么关系呢？反正一切都是早晚要失去的，都是不属于她，都是她不配拥有的。

越瑄就像鸦片。

初初吸食的时候，并不觉得怎样。而后，却越来越烈，越来越烈，直腐蚀入骨髓之中。待到失去的时候，会有剔骨挖心般的疼痛吗？

可是。

即使失去，也要是她亲手去毁掉。

哪怕主动毁掉。

也不要再经历一场背叛。

她冷冷地想着，母亲果然是正确的，她是夜婴，是在最邪恶的充满罪恶的时分出生，她是恶毒的，是一切灾难的源头。

从床上下来，叶婴又凝望一眼沉睡中的越瑄。他睡得无比宁静，眼睫轻合，唇角是放松的，手臂依然保持着任她枕躺的姿势。

　　将他的手臂放回薄被内。

　　为他按好被子。

　　她默然地又看了他一会儿。

　　走回落地窗边，拿起那叠设计图稿，看了良久，她皱眉，重新拿起一张白纸，用笔开始勾勒。

Chapter 6

那个少女美得凄厉，美得犹如一道来自
地狱的最锋利的寒光。

仿佛一夜之间！

谢氏集团旗下的成衣品牌，与高级女装品牌"MK"联手
推出的最新时装系列"拥抱"，在各专卖店、各大商场的专柜
卖得如火如荼！女人们蜂拥进店，抢购这个系列的时装，订单
如雪花般飞入制衣车间，所有的店里都卖到缺货，而新的一批
刚刚不分昼夜生产出来，还没在专柜的衣架上挂好，就再次销
售告罄！

每个女人的衣橱都必须有一件"拥抱"！

这已经是当下所有女人的共识！

由当红高级女装品牌"MK"友情设计的"拥抱"系列，极
富创意地采用了一片式裹裙的设计。它没有固定的腰身，而是
由裙身的系带，缠绕过腰部，裹系出最曼妙最妥帖的曲线。[①]

极其妩媚。

极其风情。

令几乎所有试穿的女人们都惊喜欢呼，忍不住买了一件又

---

① 文中此款式灵感来源于 DVF 的 wrap dress。

一件。同样的款式，又在花色和细节上很是不同，有的款走名媛风，有的款走潮流摇滚风，有的款又非常的简约白领。

但每个款式都那么美好。

让人爱不释手。

由于"拥抱"系列的爆红，坊间一时间涌出了很多仿款，都是类似的一片式裹裙系列，挤满各个名牌的店铺。然而同样的款式，唯有"MK"出品的版型最为流畅和美妙，虽看起来似乎一样，而一穿上身就能立刻看出云泥之别。

据说那是由"MK"的首席设计师。

神秘美丽的天才设计师。

叶婴。

亲手画的设计图！

亲手制的版！

当然独一无二，无法全然地模仿和抄袭！

打开电视，翻开各大时尚杂志，"MK"的首席设计师叶婴早已成为时尚圈炙手可热的新宠！她的设计被国际时尚大师维卡女王鼎力推崇！她的礼服使得潘亭亭成为劳伦斯颁奖礼上的最佳穿着！她的高级定制女装在上流社会被趋之若鹜！她的亲民之作，设计出的"拥抱"系列引领出超火爆的潮流！

身世来历背景成谜。

冷若冰霜。

又神秘妖媚。

一双幽黑如深潭的眼眸，如雨林中氤氲的迷雾，冰冷刺骨，深不见底，偏偏又美丽得令人心动神摇。

天才设计师叶婴。

她令得上至明星、名媛、贵妇，下至普通民众，统统为她着迷，各大时装展纷纷向她提出邀请，短短几个月的时候，人们像是早已忘却了还有一个叫做"森明美"的设计师，而天才设计师"叶婴"的名号如日中天！

"啪——！"

"JUNGLE"的专卖店中，看着那整整一排刚挂出来的"拥抱"系列女装，看着店员们兴奋的表情，森明美气得将那些衣服全都摘出来，狠狠摔在地上，怒声说：

"是谁允许你们把这些垃圾挂在我的店里?！"

满腔喜悦一扫而空，店员们被吓得不敢说话。店长从她们中间走出来，不安又困惑地说：

"森小姐，'拥抱'这个系列是属于咱们谢氏集团的，所有谢氏集团旗下的品牌店都可以销售。上一批'拥抱'卖光之后，我们好不容易才订到这一批……"

"这是'JUNGLE'！"

森明美怒冲胸臆，气得发抖：

"不是那些不入流的谢氏集团杂牌！你们把这些垃圾放进这里，我们的客人就会把'JUNGLE'也看成这种下三滥，谁还会再买'JUNGLE'的衣服！"

店员们尴尬地互相看看。

但是看到森明美这么愤怒，没人敢去跟她解释，上次正是因为有"拥抱"系列做招牌，新老顾客们才蜂拥而至，连带着"JUNGLE"的销售业绩也比平日好很多。

"把这些给我扔到垃圾堆！"

一把将玻璃橱窗上"'拥抱'最新到货"的海报扯下来，森明美一转身，却又赫然看到店内的大尺寸液晶屏幕中，正播放着"拥抱"系列走秀的画面！高挑修长的模特们，节奏动感的音乐，旋转迷幻的灯光，疯狂拍照的媒体记者，最后走上T台的正是叶婴！

一袭特别定制的"拥抱"长裙。

黑白团花，明明应该是肃静的色彩，却偏偏无比明亮，近乎浓艳得嚣张，衬着叶婴那张冰冷淡漠的面孔，一冷一热，如冰如火。

而在那条长裙的衬托下。

叶婴的身材竟如魔鬼般妩媚窈窕。

镜头一扫。

森明美心神欲碎地发现，越璨和越瑄全都坐在台下，望着台上的叶婴！

"关掉它！"

将手中的海报狠狠摔上那个屏幕，摔在叶婴的脸上，森明美握紧双手，克制不住情绪，对店员们怒吼：

"以后谁敢再挂出来那个女人设计的东西，就给我滚！"

※　　※　　※

夜晚的海边。

无星无月，海浪一波波卷起，一波波落下，如万马奔腾。海边的沙滩布满被冲上来的贝壳，破碎而锋利，森明美茫然地坐在一块岩石上，赤裸的脚部已被贝壳扎出一串血珠。

握起酒瓶。

她仰头喝下一大口。

酒精烈得她拼命呛咳，用手背擦去眼中的泪水。

一个小时后。

漆黑的岩石上，森明美放声大哭。

两个小时后。

森明美哭干了眼泪，她麻木地坐着，打开另一瓶酒继续喝。

黑暗中的沙滩。

一个黑影慢慢走到森明美的背后。

"你可真难找。"

那声音低沉嘶哑，森明美身体一僵，眼中闪出狂喜的火苗，可当她扭头看去，却立时又熄灭了。

"……是你。"

脑中昏昏沉沉，森明美黯然地继续看向大海。

"除了我，还有别人记得你吗？"

一身黑衣，一头短发，蔡娜嘲讽地看了看森明美身边那五个已经喝空的酒瓶，说：

"酒量不错嘛。"

"咯咯！"胡乱地笑着，森明美仰脖又灌下一大口，"……这点酒算什么，再来五瓶我都不怕。"

"喊我出来干什么？"

蔡娜不耐烦地说：

"如果就是让我来看你喝酒，我可不奉陪，夜店里还有好几个妞儿在等我。"

"咯咯！"

摇摇晃晃地站起来，森明美扑到蔡娜身上，媚眼如星地笑着说：

"我……我喊你出来……你应该很高兴不是吗……你不是一直……咯咯……"

推开她，蔡娜狐疑地打量她：

"你受什么刺激了？"

"咯咯咯咯，"森明美笑得很开心，黏在她身上，"蔡娜，你只要说一句……你要不要我……我什么……什么都没有了……没人爱我……没人要我……蔡娜！咯咯咯咯……你也不想要我了，对不对……人就是那么贱……哪怕是根狗骨头，只要有人抢……就变成一块宝……没人抢……就……"

"我当然要你。"

黑暗的沙滩上，蔡娜挑挑眉，搂住她的肩膀，手指暧昧地抚弄她的脸蛋："放心，就算你是那根狗骨头，我也喜欢吃你上面的肉。说吧，你想让我做什么？"

※　　※　　※

廖修和琼安发现，原本已经情绪不稳定到仿佛随时会崩溃的森明美，突然间又冷静下来。她如常到公司上班，如常参加董事会议，如常到门可罗雀的"森"旗舰店巡查，甚至连上次董事会议上，谢华菱提出因为经营业绩太差，建议收掉"森"时，森明美的反应都很平淡。

"这个大赛……"

办公室里，看着传真过来的亚洲高级时装大赛的章程说明，琼安犹豫不决，她征求廖修的意见：

"……要告诉森小姐吗？叶小姐恐怕是一定会参加的，万一……"

廖修明白琼安的犹豫。

他思考片刻，说：

"即使我们不告诉森小姐，森小姐也肯定会收到消息的。让森小姐自己决定吧。"

森明美的办公室。

漂亮的桃花心木办公桌上。

一份大赛的章程静静躺在那里，森明美面无表情地看了它很久。

亚洲高级时装大赛。

为了推出亚洲的新锐设计师，为了提高亚洲时装在国际时尚圈的地位，中、日、韩三个国家联合主办这次亚洲高级时装大赛。大赛将会通过两轮的选拨和评选，最终选出最优秀的一位新锐设计师，在法国春夏时装周的时候，于法国大皇宫内举办这位新锐设计师的个人品牌时装秀。

这是每位设计师梦寐以求的事情。

顶着全亚洲最优秀新锐设计师的头衔，在全球时尚界最关注的法国时装周，于最富丽奢华的法国大皇宫，举办专属个人品牌的时装秀！

森明美冷笑一声。

将这份亚洲高级时装大赛的章程狠狠揉在掌中，恨不得揉成稀烂，她心中充满恨意，若是父亲还活着，这个大赛是无论如何她都要去参加的！

而现在……

那个叶婴……

她恨得握紧手心！

"笃！笃！"

办公室的门被敲响。

"出去！"

森明美冰冷地喊。

办公室外的那人似乎没有听见，门把一转，如同盛夏艳阳的浓烈光芒，森明美下意识地闭了闭眼睛，再睁开时，那狂野浓丽，唇角噙着似笑非笑的男子直直撞入她的眼底！

越璨。

那竟是越璨！

森明美心中霎时又气又苦，百味杂陈。自从好莱坞那晚，她借着酒意大敲他与叶婴单独相处的房门，闯进去后对他大哭大骂，已经有一个多月的时间。

起初她是刻意同他冷战。

等待他来服软，向她道歉，向她保证、发誓他同叶婴之间不会有任何干系。然而，她冷淡他，他不但丝毫没有来哄她，反而如同忘了她一般，连同她说句软话都不曾有。

她备受煎熬。

终于忍不住故意给他制造机会，只要他先低头，先同她说一句话，她就可以原谅他。

可是，他也没有。

仿佛他是在故意冷落她。

即使在董事会上，他的视线也并未在她身上多停留一秒。

"璨……"

下意识地从办公桌后站起身，森明美的胸口忍不住发紧发酸。她已经什么都没有了，父亲身亡、越瑄与叶婴订婚，她只剩下越璨，如果他也不再理她，不再在意她……

"璨……"

泪水蔓延而出，森明美苍白着面容，身体微微颤抖。

"明美。"

收起唇角的笑意，越璨向她伸出双臂。森明美泪意无法控制，冲过来，扑入他的怀中，啜泣道：

"璨！我的父亲……我的父亲他已经……"

"我都知道了。"

拍着她痛哭的后背，越璨声音低沉：

"不要太伤心。"

听到他安慰的话语，森明美心中一松，转而大恸，她死死抱住他，放声痛哭！

扶她坐到橙色的沙发中，越璨将一盒纸巾放到她手里。哭了良久，森明美才渐渐缓过气，眼睛和鼻子已哭得红肿，她用纸巾擦去眼角残余的泪水，瓮声试探着问：

"你来找我，有什么事？"

越璨叹息一声：

"只是来看看你。"

泪水瞬时又潸然流下，森明美委屈地说：

"骗人！这一个多月，你对我不闻不问，你不是已经被那个叶婴勾引走了吗？你不是已经不要我了吗？"

勾起唇角，越璨似笑非笑：

"哦，你是这么认为吗？"

"难道不是吗？"咬住嘴唇，森明美心底颤抖。

"很好，"越璨慵懒地在沙发上伸展双臂，"既然你都这么认为，想必叶婴也会如此觉得。"

"你是说……"

森明美屏住呼吸。

"明美，如果不是为了你，我怎么会做出这样的牺牲？"笑容浓丽而嚣张，越璨挑眉说，"现在，她以为我已是她的裙下之臣，对我没有以前那么防备了。"

"璨！"

不敢相信自己的耳朵，森明美睁大眼睛：

"是为了欺骗她，让她放松警惕，你才故意疏远我，故意接近她的吗?！"

"否则呢？"越璨淡笑说，"难道天下的男人，全都会像越瑄一样，爱上她，迷恋她，以她唯命是从吗？"

"璨！"

失而复得的喜悦，令得森明美绝望的心底又生出无限希望，她颤抖着紧紧抱住越璨：

"对不起，我误会了你，你别生我的气……"

越璨拍拍她的后背。

办公室内温情脉脉。

"那——"半晌，森明美从他怀里抬起头，问，"她现在有什么想法？有什么计划？"

越璨点燃一支烟，说：

"她准备参加亚洲高级时装大赛。"

死死咬住嘴唇，森明美握紧手心：

"是吗？"

"嗯。"吐出烟圈，越璨一笑，"她似乎觉得，她一定可以拿到这次大赛的冠军，能够在法国春夏时装周进行个人品牌时装秀。"

"……"

森明美恨得牙痛。

"我不会让她拿到的！"指甲深深嵌进掌心，森明美恨声说，"她一定得不到冠军！她自以为她在云端，我偏偏要把她拉下她，把她踩在烂泥里！"

"哦？"

越璨挑眉，问：

"你打算怎么做？"

森明美皱眉沉思。

犹豫挣扎片刻，她一咬牙，下定决心：

"我也要参赛！"

指间的烟蒂明灭了一下，越璨眼底神情复杂："明美，假如这一次你又输给她，怎么办？"

森明美的脸色"刷"地雪白，又立刻涨红，说：

"所以，我连参赛的资格，都不会给她！"

※　　※　　※

第二天的董事会上，身穿一袭优雅的乳白色薄纱长裙，森明美宣布说，她将参加亚洲高级时装大赛，角逐冠军。众董事面面相觑，然后不约而同将视线投向坐在越瑄身旁的叶婴。

"真巧。"

用手指翻开亚洲高级时装大赛的章程，叶婴的眼瞳幽黑如潭，她微笑着说：

"森小姐，同你一样，我也打算参加这次亚洲高级时装大赛。"

果然如此。

众董事心中不约而同闪过这句话。

对于参赛资格，这次亚洲高级时装大赛有明确规定。为了避免大集团公司的设计师占据太多的名额，为了给小企业和独立品牌的新锐设计师更多机会，每个集团只能推选一位设计师参赛。

作为董事会主席，越瑄神色淡静。

而深靠进皮椅，越璨似乎饶有兴趣地欣赏她二人之间的争斗。

"叶小姐，"森明美含笑说，"请允许我提醒你，我是设计部总监，是你的上司。谢氏集团将会选派谁参加这次大赛，是由我决定，而不是你。"

叶婴微微一笑，说：

"亚洲高级时装大赛，出赛的设计师代表的是整个谢氏集团，而不仅仅是设计部。森小姐，您的品牌'森'似乎影响力不足，经营情况也不良好，相比而言，'MK'更适宜代表谢氏集团参赛。"

恼得暗暗握紧手指，森明美却笑容依旧优雅：

"叶小姐说的没错。以暂时来看，'森'的影响力稍逊'MK'，但我并不是打算以'森'去参赛。"

叶婴神色不解。

越瑄也抬眼望向森明美。

"我将代表品牌'JUNGLE'，参加亚洲高级时装大赛！"

睥睨一圈在座所有的董事，森明美倨傲而郑重地说：

"'JUNGLE'是全亚洲最顶尖耀眼的时尚品牌，由设计师鬼才莫昆大师创立，由我的父亲森洛朗大师沿承，即使在全球最顶尖的时尚品牌中，也占据一席之地！"

"同区区的'MK'比起来，"维持着优雅的仪态，森明美眼带不屑地看向眉心紧蹙的叶婴，"'JUNGLE'是否更有资格代表谢氏集团呢？叶小姐？"

默然一笑，叶婴说：

"'JUNGLE'固然是声名显赫的品牌，但它的历史已有二十多年，这次大赛邀请的是新锐设计师。"

"'JUNGLE'是有底蕴的品牌，而我恰好就是新锐设计师，"森明美含笑说，"不知各位还有什么意见？"

※　　※　　※

"哈哈！"

山顶的粤式餐厅，窗外是星星点点万家灯火，森明美举起红酒的酒杯，胸口久积的恶气终于驱散了大半，得意地说：

"她以为区区一个'MK'就了不起了吗？井底之蛙！跟'JUNGLE'相比，她什么都不是！现在，她连参赛的资格都没有，我看她拿什么跟我争！"

缓缓晃动手中的酒杯，越璨若有所思：

"不会这么简单。"

森明美咬了咬嘴唇：

"否则她还能怎么样？"

眼底闪过复杂的眸光，越璨笑一笑，说：

"恭喜你。"

落地窗外。

蔷薇叶片染着星星点点的夜辉。

看完手机上的那封邮件，屏幕变暗，重新回到被密码锁定的状态，叶婴勾唇淡笑。

※　　※　　※

亚洲高级时装大赛。

当谢氏集团决定派出"JUNGLE"最新继承人森明美参赛的消息传出，当时尚圈人士为失去参赛资格的叶婴扼腕叹息时，竟有另一桩更令人吃惊的消息传来——

叶婴将代表孔氏集团参加本次亚洲高级时装大赛！

"这是怎么回事？！"

得知消息后的谢华菱勃然大怒，将叶婴叫到副总裁办公室里责问：

"代表孔氏集团参赛？！你跟孔家什么关系？！你知不知道你自己的身份？！你是越瑄的未婚妻，是我们谢氏的设计师，'MK'也是属于谢氏集团的，你居然去代表孔氏参赛？！你的脑筋有没有病！"

"……"

叶婴沉静不语。

"马上去给我澄清！告诉大家那消息是假的！立刻！"重重拍向桌面，谢华菱怒吼道。她越来越发现面前的这个叶婴跟她最初印象中的完全不一样，以前的小叶恭谨温顺，像一只乖巧的小猫，现在的叶婴，纵然不语不动，也有种令她心惊的气势。

谢华菱很不喜欢这种感觉！

"母亲。"

同在谢华菱的办公室内，轮椅中的越瑄解释说：

"是我同意阿婴从孔氏那里参加亚洲高级时装大赛。孔氏的高级女装项目尚未筹备起来，'MK'属于谢氏旗下也是人尽皆知，这样可以使谢氏的'JUNGLE'和'MK'同时参赛，夺得桂冠的机会更大。"

谢华菱听得满腹狐疑。

孔家的高级女装项目是由孔衍庭负责的，这小子跟自家的几个兄长斗得手段百出，是个最不肯吃亏的角色，会如此好心来帮谢氏这个忙？

"儿子，你别被这个女人骗了！"

谢华菱狠狠瞪一眼叶婴，放软声音对越瑄说：

"孔衍庭岂是那么好说话的人？说不定叶婴跟他有什么见不得人的……"

"母亲！"

越瑄的声音清冷。

看着轮椅中的儿子，想起他三番四次地维护叶婴，谢华菱心中气恼不已，然而又想到森明美曾经的背叛，他的身体又是如此状况，谢华菱忍了又忍，强咽下这口气。

"叶婴，你好自为之吧！"

丢下这句话，谢华菱恼怒地将她赶了出去。

"瑄，谢谢你。"

将轮椅中的越瑄推回他的办公室，叶婴眸底的神情有些复杂，她轻握住他的手，说：

"我一定要参加这次大赛。孔衍庭那边……"

她犹豫了下。

"……我跟他有一些交易，只是限于业务合作方面的。对不起，我应该早一点告诉你。"

"通过孔氏参赛对你很重要，是吗？"越瑄凝视她。

"是的。"她点头。

"你拿定主意了？"

"是的。"

"如果你想要的只是夺冠，在法国大皇宫举办个人时装秀，"跟孔衍庭合作的事情，她始终都瞒着他，越瑄缓声说，"也许我可以帮助你，让你代表谢氏参赛，而不是'JUNGLE'。"

"不！"

叶婴急忙说：

"这样就很好！"

也许是意识到自己的声音过于急切，叶婴掩饰般地笑了笑，笑容温婉灿烂：

"'JUNGLE'是很有影响力的品牌，能够同它一起竞争，是件很荣幸的事情。而且，我一直想跟森明美真正公平的好好比试一番，谁叫她曾经差点得到过你呢？"

仰着头，她笑得如同撒娇的小女孩一般肆意，越瑄伸手轻抚她洁白的面庞，眼神渐渐变得温和，说：

"只要你高兴。"

※　　※　　※

亚洲高级时装大赛的报名阶段已经结束。

公布出来的参赛名单异常华丽，囊括了几乎亚洲国家所有的优秀新锐设计师，近年来在国际时尚界颇有地位的日本和韩国的几位优秀设计师皆悉数报名，夺冠的可能性被认为最高。

不过，第一轮的比赛是在各国国内举办，选拔出各国最优秀的一位新锐设计师之后，再来参加第二轮各国之间的比拼。

"给你，全都在这里。"

醉生梦死的夜店，迷离变幻的光线，最阴暗的角落里，蔡娜将一个文件袋扔到桌面上，随手打开一罐啤酒开始灌。森明美眼神一闪，立刻就将那个文件袋拿过来打开，里面的内容并不多，只有薄薄的几页，她紧张地一行字一行字地看过去。

"怎么样？够不够？"

右手搭在森明美的肩膀上，蔡娜用手指轻佻地摩挲着她的肌肤，呵着酒气在她耳边说：

"不够的话，我还可以……"

蔡娜阴毒地低语了几句，森明美先是惊愕，然后眸光闪烁起来，她强忍住被蔡娜亲昵的不适，将那份文件放到包里收好，拿起桌上的鸡尾酒，同蔡娜手中的啤酒罐碰了一下，低笑说：

"这份东西就足够让她去死了。"

如果，万一，叶婴那个女人还死得不够，蔡娜刚才所说的也可以让她再死一次！

"你打算什么时候用？"

喧嚣的音乐中，一个娇滴滴的美女钻进蔡娜的怀里，蔡娜的兴趣顿时从森明美身上移开不少。森明美略松口气，尽量不着痕迹地挪远一点，回答说：

"既然她也要参加亚洲高级时装大赛，这份东西我就先给她留着，等到最要紧的时候……"

森明美眯了眯眼睛。

"哈，"搂着那美女，蔡娜放声大笑说，"明美，我果然没有看走眼！你看起来是标准名媛，仪态大方，但骨子里又狠又毒，不错，够味！"

森明美心中不悦。

但现在正用着蔡娜，还不到翻脸的时候。

"啧啧，"蔡娜凑过来，捏着森明美的下巴，抬起她的脸，"说你狠毒，不开心了是吧？想着将来怎么收拾我是吧？也不想想，就凭你？你早早死了这条心吧，我捏死你跟捏死一只蚂蚁一样容易！"说着，狠狠地一甩手，森明美痛得一声惨呼！

"噗嗤。"

蔡娜怀中的那个美女痴痴地笑。

"心比天高，命比纸薄，说的就是你！"上下打量着面色惨白惊魂未定的森明美，蔡娜嗤笑着说，"我劝你，以后还是乖乖的，你那点小心思，还是收起来别用了！你就是我的一块骨头，我想吃就吃，想扔就扔！你以为，我真看中了你？就你这幅装腔作势，矫揉造作的模样？"

"噗嗤。"

蔡娜怀里的美女继续痴痴笑。

"你……"

森明美又惊又怒，在她的眼里，蔡娜就是一条狗，只要略给一点甜头……

"哼，"蔡娜冷笑说，"我对你的兴趣，远不如我对叶婴的兴趣。"

"……"

森明美震惊。

"叶婴……"念出这个名字，蔡娜舔了舔嘴唇，夜店昏暗的光线里，她的手指咯咯收紧，怀中的美女吃痛但不敢喊，"我从来没见过像她一样，那么冷，那么狠，又那么美的女人，"仿佛陷入回忆中，蔡娜的神情里有抹狰狞的狂热，"第一眼看到她，我就想把她嚼碎，一口口吃到肚子里去……"

阴暗的少管所。

漆黑的头发，幽黑的双眸，苍白失血的面容，额头的伤疤鲜红鲜红，那个少女美得凄厉，美得犹如一道来自地狱的最锋利的寒光，美得让她的心脏阵阵发颤。

她以前并不喜欢女人。

可是，当她将那个少女的脑袋重重撞到墙壁上，鲜血从少女的发间蜿蜒流淌而出，那双漆黑如冰潭的眼睛，冰冷漠然的眼神……

她为那个少女疯狂了。

她亲手殴打那个少女，逼迫那个少女对她下跪，她要抽走那个少女身上的每一根傲骨，她要那个少女只能依附她而活……

最漆黑的那个夜晚。

她令人绑缚住那个少女的四肢，在那拼命挣扎的颤抖中，她在少女洁白美丽的腰部，一笔一笔，刺刻下妖艳的纹身……

纵然夜店的光线昏暗迷离，但蔡娜脸上那爱恨交织变幻不定的复杂神情依旧清晰至极，森明美看得胆战心惊：

"你想得到她？"

将罐中的啤酒一饮而尽，蔡娜推开怀中的美女，眼神狠戾地说："我得不到她。我只想毁了她。"

森明美心中稍定。

笑了笑，她望向夜店舞池中肆意扭动发泄着体内热意的男男女女们，说："等一切结束后，我可以把她交给你。"

"你不要再轻敌。"

蔡娜冷笑着说：

"前面你已经输给她几次，这一次亚洲高级时装大赛，你拿到了代表谢氏参加的资格，可她一转眼也从孔氏那里拿到了名额。论时装的设计水平，虽然我不懂，但我也知道，你根本不是她的对手！你打算怎么赢她？"

森明美心中忿然。

压了压，她方才含笑说：

"前几次她不过是侥幸，这次大赛，我会把我全部的实力都拿出来。"

她希望能堂堂正正地打败叶婴！

她的父亲是名震国际时尚圈的森洛朗大师，叶婴只不过是国外的野鸡大学毕业，她的才华，她的积累，叶婴根本难以企及！

而如果……

她也并不介意采取一些别的手段。

古往今来，每位英雄枭雄皆是如此。胜者为王败者为寇，想要站在光芒万丈众人瞩目的舞台上，有时这是必须。

小时候，那个让她曾经无比嫉妒的"小公主"，那个仿佛生活在梦幻的城堡中，被父亲、母亲宠爱着，被所有的小朋友们簇拥着，据说有着无比美貌和无比才华的"小公主"，还不是照样被她踩在脚下。当城堡被洗劫一空，"小公主"所有的宝贝都失去，她觉得无比畅意。

落魄的"小公主"从"城堡"搬进她的家。

她又只需要去药店买一些安眠药，放到饭里，就可以将"小公主"从此彻底踩进地狱！

一切其实都很容易。

百分之九十九的时间里，她都是善良温婉的，只需要在那百分之一的时刻，用一点特别的办法就可以了。

森明美微笑。

她以前真是太善良了，只是现在被叶婴逼得，不得不反击。

※　　※　　※

把手头的其他事情都交代给下面的人去做，"JUNGLE"的日常业务也请越璨代为处理，森明美将全部精力和时间都投入到亚洲高级时装大赛里。她废寝忘食地构思设计图，听取廖修、琼安等人的意见，将父亲过往的设计旧稿也翻了出来，甚至顾不得去跟越璨约会，几周来每天只休息几个钟头，刮肠搜肚地希望能找到一个令人耳目一新的设计方案，在比赛中拔得头筹。

同她相反。
叶婴却显得比往日更加轻松。

她每日早早地回家，陪越瑄一起用晚餐。谢老太爷已经回到瑞士，虽然谢华菱用餐时的情绪总是阴晴不定，偶尔出席晚餐的越璨也常常诡异的沉默，但叶婴的情绪始终轻松快乐，感染得越瑄也经常多用一些饭菜。
她越来越多地同越瑄一起约会。
郊外的夜空。
最新的名家画展。
景色宜人的温泉度假山庄。
有新片上档的电影院。

夜晚，看完电影《黑衣人3》。
一辆黑色加宽加大的宾利车在街道上缓慢地跟随。

"3D的效果很好呢，"一排路灯下，叶婴推着轮椅中的越瑄，在舒爽的夜风里边散步边开心地说，"以前我一直觉得，3D效果看得眼睛很晕，并不舒服，但今天的很好!"
"嗯，很清晰。"
轮椅中，越瑄的手里还抱着半桶她吃剩的爆米花。

"可是我还是更喜欢《复仇者联盟》，里面打斗的场面很精彩很可爱，"叶婴期待地说，"有时间的话，咱们把前面的几部《绿巨人》、《钢铁侠》也都看了，好不好？"

"好。"

越瑄笑着回答。

"累吗？要不要上车？"

停下来，将他膝上的薄毯往上拉了拉，叶婴有些担心将近两个小时的电影会不会累到他。

"不累，我们再走一会儿吧。"

繁星闪烁，路灯柔和，这是条繁华的街道，路旁有很多小店，行人熙熙攘攘，越瑄看到一个素描的摊位前围着不少人。画家是一个留着及肩头发的中年人，戴着鸭舌帽，颇有几分落拓气质，手中的笔"刷刷"画着面前的一对情侣。

情侣脸上有着甜蜜的笑意。

围观的人们好奇地看着画纸上渐渐完整起来的那张素描。

叶婴推着越瑄，饶有兴趣地驻足观看。

"画得太好了！"

"真像！"

围观的人们发出啧啧赞叹，画家把画好的素描拿给那对情侣，情侣高兴地欣赏一番，付钱走了。另一对情侣立刻满怀期待地坐到画家面前。叶婴笑了笑，推着越瑄离开了。

"他没有你画得好。"

夜风中，越瑄说，他的眼神悠远，想起在巴黎的街道上她拦住他的那幕场景。

"那当然，差远了好吗，他画得人脸都扭曲了。"同司机一起将轮椅推入宾利车内，叶婴瞟越瑄一眼，知道他在想什么，哼了一声说，"可是当时你却昧着良心说我画的不好。"

越瑄笑了，回忆说：

"那时候你突然出现，拦在我的面前。你有着如同女王一般的气势，强烈又自信，好像你是这世界上最优秀的，好像你吃定了我。我当然必须把你的气势打下来。"

"原来是这样！"

叶婴恍然大悟，难怪她那么有自信的画却没有得到他的欣赏。眼波盈盈，她笑着说：

"现在看来，我并没有错，不是吗？我就是吃定了你！"

黑色宾利平稳地行驶在回谢宅的路上。

越瑄笑着咳了一阵。

叶婴轻拍他的背脊，又为他倒了一杯水，他缓缓喝完，止住了胸口的咳意，说：

"亚洲高级时装大赛，你不用准备参赛的作品吗？"

"用啊，"接回水杯，叶婴回答说，"所以这些日子才天天黏着你，从你身上捕捉灵感！"

越瑄笑了。

"灵感不是闭门造车可以出来的，"叶婴偎着他的肩膀，"只要心情好，一草一木，一个电影，一顿晚餐，都可以迸发出很妙的灵感来。"

"灵感已经有了，是吗？"

"是的！"

车窗外夜色皎洁，叶婴笑着对越瑄说：

"而且这灵感正是你带给我的。"

Chapter 7

也许你不会懂。但是，我恨你。

　　短短十几天下来，森明美清瘦了整整一圈，皮肤的光泽也黯淡几分，但当她终于踌躇满志地将设计稿拿出来，看到廖修和琼安赞叹的神情，觉得一切辛苦都得到了回报。

　　"你们觉得如何？"

　　纵然非常自信，森明美依旧克制着，希望听到两人客观的评价。这次大赛她必须谨慎，要有必胜的把握才好。

　　"蕾丝的设计元素虽然一直都有，但像这样大面积的运用并不多见，"目光流连在设计稿上，琼安欣赏地说，"您的这一系列设计，以白色蕾丝为主，整体效果华丽、仙美、很具灵气，相信可以带动起蕾丝的复古浪潮。"

　　琼安最为喜欢的是设计图中的白色长筒蕾丝裤袜，花纹繁美，纯洁无瑕，有了这个单品，足可以使得普通的穿搭立刻跳脱美丽起来。

　　看到琼安眼中对白色蕾丝长袜掩饰不住的赞叹，森明美垂下眼帘，啜了口咖啡。

　　小时候，第一次见到那双有着繁复美丽花纹的白色长筒袜，是穿在"小公主"的身上。仿佛冰雪王国中走出的纯白小仙子，盈满令人不敢逼视的灵气，在场的所有女孩子全都惊住，简直无法想象可以美到这种程度。

手指紧紧握住咖啡杯。

森明美漠然一笑。

所有挡在她前面的，令她嫉妒不安的，最终都会被她踩在脚下。美丽的纯白蕾丝，就当做那位"小公主"补偿给她的礼物吧。

※　　※　　※

叶婴也画完了设计稿上的最后一笔。

映着窗外的阳光，心情也轻快得仿佛金色光芒，她微笑着审视那张图。半晌，她将它放入其他已经完成的图稿之中，锁进抽屉里。翠西恰好敲门进来，惊喜地问："叶小姐，那是您准备参赛的图稿吗？"

"嗯，是的。"

将钥匙装入包内，叶婴顺手拿出手机，看到上面有几条新的信息。

"我、我可以欣赏一下吗？"翠西激动地说，"听说森小姐那里的设计稿也出来了。"

叶婴笑了笑。

神情却在看到其中一条手机信息时突然僵住，叶婴的瞳孔陡然紧缩，面色阴沉下来。翠西被她的这副神情吓住，忍不住后退了一步。

抓起外套和包，叶婴大步向门口走去，边走边拨通一个电话，强忍怒气说：

"二十分钟内，我要见到你！"

※　　※　　※

依旧是那个地中海风情的私人会所。

清丽的白色花框落地窗前，叶婴胸口的怒火越烧越烈，她紧握双拳，听到一串男性的脚步声已经在门外响起。门把一扭，那个浓丽嚣张的男人身影刚刚出现，她抓起手边的一只水晶烟灰缸，狠狠朝着他的头部掷去！

"砰——"

纵使越璨迅速避闪，烟灰缸仍是擦着他的额角而过，重重摔碎在他身后的墙壁上，水晶碎片四溅！

"蔷薇！"

越璨错愕，他的额角火辣辣的疼，手指拂过，上面染着血丝。接到她电话的时候，他正在同重要的客户开会，立刻让特助接手主持，他匆匆赶来，没想到等待他的是她的满腔怒火。

"是我来迟了吗？"

越璨下意识地看一看腕表，可是，他一路飞车，赶到这里分明只用了十五分钟。这段日子，为了配合她的计划，他必须要陪着森明美，还要忍受每天看着她和越瑄出双人对，他甚至连她的一个眼神都无法得到。终于她今天想到要见他，他心中原本有难以抑制的喜悦。

"谢越璨！"

愤怒地眯起眼睛，叶婴冷笑一声：

"你好！你真的很好！你以为你可以瞒我多久？！你真是了不起！你是不是以为，我会感谢你，我会感动得痛哭流涕？！"

越璨恍惚明白了。

他不安地咳嗽一声：

"你指的是……"

"我说的是森洛朗！我说的是你在意大利做的那些事情！"怒视着越璨，叶婴逼近他，"难怪你一次次口口声声地让我放手，说你会替我完成复仇！这就是你的方式？！这就是你的手段？！找人绑架森洛朗、囚禁他、虐待他、杀了他！"

"你怎么……"越璨有些惊愕。

关于森洛朗的整件事情，他做得非常隐秘。从跟意大利的黑手党接触，到设计森洛朗与黑手党大哥的情妇有染，再到黑手党追杀、囚禁、折磨、最后处死森洛朗，知道内情的人非常少。

他可以肯定，森明美是不知道的。

越瑄也不知情。

叶婴应该更加无从得知。

"我是怎么知道的？！"叶婴冷笑，"谢越璨，你从头到尾都把我看做是一个傻瓜、当我是白痴！你以为你替我杀了森洛朗，我就该对你感激涕零，对你感恩戴德？！哪怕我告诉过你，我要自己报仇，我要亲眼看着森洛朗一步步完蛋，我要亲手把刀子捅进森洛朗的胸膛，你还是把我当成没有大脑的婴儿！你太自作主张！太自以为是！"

"叶婴！"

按住她的肩膀，越璨低喊：

"不管怎么说，森洛朗都已经死了！你的仇已经报了！你要明白，他曾经那样对你，我对他的恨意并不比你少！早在你从监狱出来之前，整个报仇的计划我就已经在进行！我不知道你会回到我的面前，我不知道你也有你的计划！"

顿了顿，越璨摇头：

"不，即使早知道，我也不想你插手进来！你已经经历了太多不幸，我只希望，你未来的道路不要再被黑暗和鲜血纠缠。"

"不用我插手？你替我报仇？所以，这么简单，我的仇已经报了？"叶婴冷凛地说，扯唇诡异地一笑，"就这么简单？六年来，我夜夜辗转反侧，难以入睡，就这么简单，我就可以心满意足，一切就可以结束了吗？！"

她的声音越发冰冷：

"你知不知道，森洛朗都做过些什么？"

"他偷了我父亲的设计图，他偷了我父亲的公司，他引诱我的母亲背叛我的父亲，他害得我的父亲自杀！"

越璨胸口一窒。

"我的父亲，最爱我的父亲，"冰冷的眼底没有泪痕，她面无表情地说，"是带着如深渊般的痛苦，放弃活着，离开人世。"

"蔷薇……"越璨声音暗哑。

"然后，"她继续面无表情，"他开始猥亵我，从我七岁开始，他经常晚上摸进我的房间，脱掉我的衣服，摸我尚未发育的乳房……"

"不要再说了！"

越璨痛苦地低吼！

"十一岁的时候，森明美在我的水杯里下药，把我扔到森洛朗的床上，"抬起眼皮，叶婴讥讽地一笑，"就是那个你口中跟我的仇恨无关的森明美，使得森洛朗终于——正式地——

强暴了我！"

"够了！"

越璨无法再听下去，痛苦将他的全身都要撕裂！

"不，森洛朗从来不会觉得够！"目视着他的痛苦，叶婴的恨意仿佛终于找到了出口，"他并不是只强暴了我一次，也不是两三次，他只要想，就会砸开我房间的门，将我的双手捆在床头……"

"不要、不要再说了！"

握紧她的肩膀，越璨哀求她！

"你还记得当年我身上的那些淤痕吗？这里、这里、这里、这里、"手指冰冷地一路滑过自己的脖颈、锁骨、胸口、小腹乃至更下，叶婴诡异的笑容愈加像淬毒的罂粟，阴森森，华丽丽，"还有这里、这里，全都是被森洛朗用他的……"

"唔！"

越璨痛苦极了，他猛地用自己的双唇封住她仍要继续说下去的嘴巴！她拼命挣扎，左躲右闪！他死死箍紧她，用颤抖嘴唇封掉她有可能漏出的任何一点声音！

他不愿意去想，他不敢去想，虽然早就明白事情的真相可能是怎样，可是，这样赤裸裸地从她的口中听到，依然是一件太过残忍的事情！可是，如果他只是听到就痛苦得难以承受，那么，那些年，那样的日子她是怎样度过的呢？！

有冰凉的液体流淌在叶婴的脸上。

但她知道自己没哭。

她早就不会因为这些而哭泣了。

终于，越璨似乎平静了一些，他狼狈地扭过头去，不让叶婴看到他的面容。叶婴的心底也仿佛漏了一个洞，缓缓流淌走那些如燃烧般的恨意与愤怒。

"在遇到你之前，我虽然心中深藏着对森洛朗的恨意，却可以麻木地、甚至近乎平静地生活、学习。"木然地闭上眼睛，叶婴回忆起在雨中初遇的那丛绯红蔷薇花下的他，"可是，我遇到了你。你就像是一团火，强烈地、嚣张地，硬是要闯入我的世界。你让那些原本我可以忍受的，变得再也无法忍受。"

越璨紧紧抱住她。

"那时候，我给房门多加了好几道锁，好几次跳窗逃走，我无法再忍耐，哪怕后果是被他打死……"颤抖的睫毛缓缓抬起，她失神地望着他，"所以，你说要带我逃离那里，去别的国家，生活在一起，我答应了。我想和你生活在一起，哪怕暂时放下替父亲报仇，我以为父亲会原谅我，父亲不会希望看到他的女儿始终生活在森洛朗的阴影下。"

"对不起……"

在她的头顶，他颤栗地说，双臂的力量简直想把她嵌入他的骨骼。

"你一定不知道，那一晚，到底都发生了什么。让我来告诉你，好不好？"失神地一笑，她的眼瞳变得异常幽深，"那一晚，窗外的蔷薇花恰好绽放了……"

那一晚，她推开窗户。

细雨飘进来。

蔷薇的纯白花苞在夜色中有静静绽放的声音。

它是那个夏天第一夜的蔷薇，晶莹雨珠滚在初绽的白色花瓣上，宁静得让空气有些不安。下雨的夜晚，气温出奇地低，母亲睡着了，她已经将收拾好的行李箱从衣柜深处拿了出来，又检查了一遍母亲的药，血液在耳膜处轰轰作响，她紧紧盯着时钟—

滴答。

长长的指针。

八点整。

窗外细雨霏霏，昏黄的路灯在雨雾中变得模糊，她踮脚朝窗外看了一遍又一遍，心急如焚，她不知道出了什么事情，为什么阿璨竟然会没有在约定好的时刻出现！

心越坠越沉！

阿璨和她准备了那么久，一切都在等这一刻，她竟开始害怕，害怕只要出现一点闪失，那些眼看伸手可及的未来就会……夜色中，雨越下越大，昏黄的路灯只能看到模糊的光影，而时钟上的指针仍旧在滴答、滴答地走，她的手指死死抠住窗棂，期待下一秒就可以看到巷口出现那个熟悉的少年身影！

"砰—"

大门被粗鲁地一脚踹开！

她惊恐战栗地扭过头，赫然看到居然是醉醺醺的森洛朗破门而入，浓重的酒气熏人欲呕，看到放在地上的她的行李箱，摇摇晃晃的他狞笑着，逼近她：

"我的小公主，你想逃？！"

长久以来的恐惧使她忍不住瑟缩后退，整个人紧贴在窗户上。

"哈哈哈哈哈哈，你太异想天开了！"酒气熏得她一阵阵恶心，森洛朗的脸几乎趴到她的脸上，猥琐地狞笑，"美丽的蔷薇小公主，请你牢牢地记住，从里到外，你的每一根头发，每一寸皮肤，每一丁点的灵魂都是属于我的！不要才对你放松了那么一下下，你就以为可以长出翅膀来了！！"

伸出舌头，他侮辱般地极之缓慢地舔向她的面颊。

"滚开—"
她忍不住尖叫着崩溃，死命地推搡他！
"砰—"
她的脑袋被他用力撞向窗棂，"轰"的一声，黑暗和鲜血的腥气将她笼罩，天旋地转，睁不开眼，巨大的疼痛让她的身体变得麻痹，腥红的血液弥漫了她的视线！

"说！那个臭小子是谁！"
凶恶地将她的脑袋又一次用力撞向窗棂，鲜血喷溅出来，溅在窗畔刚刚绽放的蔷薇花上，纯白的花瓣瞬时被染成带着腥气的血红，森洛朗的咆哮声在她耳边轰鸣：

"你居然敢跟他私奔！贱人！是不是太久没有尝到我的滋味了，才变得这么饥渴难耐，啊？！"说着，带着令人作呕的酒气，他如野兽般撕碎她的衣服，一头趴向她蜿蜒淌下鲜血的胸脯！

"滚开—"
恐惧如倾盆的黑暗，她崩溃地大叫，迸发出全身的力气，用双手的指甲狠狠抓打他的脸！她用足了全身的力气，挥出的双手指甲里甚至可以感觉到皮肉的热度！

森洛朗痛得惨叫一声！

"贱人！"

他暴怒地将她从窗口踢到桌前，那力量重得可怕，她整个人飞出去，额头重重撞上锋利的桌角，"砰——"，就像撞上了一把匕首，暗红的，浓稠的，鲜血如瀑般飞涌！蜷缩在地上，她痛得连呻吟都无法发出，胸口翻涌作呕，整个身体一阵阵地抽搐！

浓稠的鲜血如一道腥红的血幕，在似乎短暂的昏迷之后，她幽幽醒转，尚未来得及用手抹开那些黏住眼皮的血，就感觉到自己浑身竟是赤裸裸的凉意，而那个满身酒气的男人正试图掰开她的双腿！

"阿璨—"

如同一尾濒临死亡的鱼，她死命地挣扎，然而那啃咬着她的男人像一座万钧的大山，她的四肢如同被钉死在地上，猩红猩红的血在她的脸上奔淌！

"阿璨——"

昏黄的路灯，飘摇的雨丝，染血的蔷薇，那个少年会来拯救她，下一刻，少年就会狂奔着出现在巷口，会冲上来，会救她，会牵着她的手，带她走向那已经种满蔷薇花的美丽国度！

冰冷的地上。

赤裸着。

她绝望地嘶吼—

"阿璨———"

模糊的视线中，隐约出现了一个人影，浑身的血液凝固，她瞪大眼睛，下一秒，狂喜令她的血液如万马奔腾！

"阿璨—"

浑身酒气的森洛朗从她的胸口抬起头，突然肆声大笑，将她的头猛地一推：

"我的小公主，看清楚那是谁！"

模糊的人影渐渐清晰，她的心脏瞬时沉下去！

"妈妈……"

她简直不敢相信自己的眼睛。妈妈不肯随她逃走，所以她在妈妈的水杯了放了安眠药，准备当阿璨赶到时，推着昏睡的妈妈一同离开。原本应该在睡梦中的妈妈，怎么可能会此时从房间里走出来！

呆滞的双眼如幽幽的黑洞，午后的清风从窗户吹进来，窗外喷泉飞溅、鲜花绿草，而脸色苍白的叶婴被噩梦般的回忆深深魇住，她恍若听不到越璨焦急心痛的任何声音。那一夜的每一个片段都如同淬了血的碎玻璃，在她脑海中锋利地划过！

"……他拿起墙壁上的那条皮鞭，"

木然地说着，她缓缓地打了个寒战，眼神依旧空洞无神：

"开始抽打我的母亲……"

那是属于那一晚，最痛的记忆。

当森洛朗抢起鞭子，一鞭鞭抽打她的妈妈，当她的妈妈被鞭打得衣服碎裂、鞭痕纹身、血迹淋漓，当她的妈妈被鞭打得惨叫痛哭，抱头到处乱躲……

她扑上去，疯狂地同森洛朗厮打！她知道被那条鞭子抽打会有多疼，那是皮肉绽开的酷刑！

那一刻！

她宁可森洛朗杀了她！

宁可森洛朗强暴她！

哪怕再被森洛朗强暴一百次、一千次！只要森洛朗能放了她的妈妈，哪怕跪下来向森洛朗磕头，她也愿意！

森洛朗的狞笑也越来越疯狂，他似乎很清楚，这样的做法比任何惩罚都更加令她撕心裂肺。他一次次将扑上来试图护住妈妈的她一脚踹开，手中的鞭子依旧用力抽打在惨叫哀求的妈妈身上，而那最后的重重一鞭，竟是朝妈妈的脸抽去！

妈妈惨叫着！

血红的鞭痕仿佛将妈妈的脸抽成了两半！

她惊骇无比！

妈妈的身体被那一鞭抽得向后倒下，直直倒向那尚自染着刚才她的鲜血的，那锋利的桌角！

砰——

妈妈的身体剧烈地抽搐弹跳了几下！

然后，变得静止。

当她战栗着爬过去时，妈妈的后脑淌出汩汩的鲜血，在地板上蜿蜒流淌，像一条血河。世界仿佛毁灭般的眩晕，她战栗地摸向妈妈的口鼻。妈妈瞪大眼睛，直挺挺地躺在那里，嘴角也缓缓涌出血流。疯狂地、绝望地，她趴向妈妈的胸口，用耳朵去听妈妈的心跳……

那么。

静。

那么。

那么的。

静。

静得如同窗畔染上了鲜血的白色蔷薇花瓣，静得如同雨雾中昏黄路灯下永远不会出现的人影，静得如同妈妈瞪大的双眼和满目猩红的血泊。缓缓地，她的视线离开妈妈，看到了从桌上摔落下来的一把水果刀。一切都像慢动作，当她抓起水果刀，站起来时，手中依旧握着皮鞭的森洛朗还没有反应过来。

杀了他。

当她冲过去，将第一刀刺入他的胸口时，她居然是麻木而平静的。当她将刀拔出来，又狠狠地刺入第二刀，当他的血喷溅到她的脸上，她才开始感觉到毁灭般的快意。

杀了他！

她要杀了他！

于是，是第三刀！

第四刀！

猩红色将整个世界染红！

"咯咯，"有些神经质地笑起来，叶婴的眼珠缓缓转了转，诡异地说，"你知道杀人的感觉是什么吗？就像是，一切都可以了结了，一切都终于可以结束了。"

"叶婴！"

心痛地将她拥紧在怀中，越璨右手颤抖地抚摸她的长发：

"对不起，如果我在，如果当时我在……"

"可惜，那只是一把水果刀，"她的声音从越璨的胸前幽幽飘出，"当我听说，他只在医院休养了半个月，就完好无缺地出院了，你知道我当时的心情是什么吗？我恨，为什么我只捅了四刀，为什么没有继续捅下去！"

"对不起！"

越璨能说的似乎只剩下这一句。

"我的爸爸死了，我的妈妈死了，"她幽幽地推开他，"为了他那一个月的伤，我坐了六年的牢。不，越璨，不够。杀了他，并不够。我要一点一点地摧毁他，我要一步一步地折磨他，我要血债血偿，我要让他生不如死！"

"也许你不会懂。但是，我恨你。"

黑瞳漆冷漆冷，她对他说：

"越璨，我恨你！"

※ ※ ※

凌乱的梦境，在雨雾街道上的狂奔，深夜细雨中的小路又黑又长，不知将会发生什么的恐惧，白茫茫的雨雾，伸手不见五指的尽头，心脏仿佛要迸裂的奔跑，那种恐慌，那种害怕……

那种不知名。

却真实得如同预感般的恐惧。

妈妈。

妈妈——

混乱的人影，交叠的责骂，那些推来搡去，他怒极地奔跑着，他能看到那高高的楼梯上……

如一只飞燕。

摔落下来。

冷汗涔涔，枕头上的越璨呻吟着、喘息着，心脏一阵紧似一阵，他深陷在噩梦中。梦里细密的雨雾，那落地的巨大闷响声，血泊被雨水冲洗，向着四面八方流淌……

"啊——"

惊喘一声，越璨腾地从床上惊坐起来，冷汗一层一层，身体阵阵发抖。良久，他闭了闭眼睛，心知是白天时叶婴的讲述使他重又做起了这个噩梦。

走到窗边。

拉开厚厚的窗帘。

沉默地，越璨将头重重倚在窗框，窗外是漆黑的夜色。她错了，他懂。那一晚，他的母亲也死了。已经等候在她家窗下那条小巷的拐角处，他接到了那个电话，狂奔着，他试图立刻赶回家！

也许再快五分钟。

哪怕只要再快两分钟！

他的母亲就不会死……

那个夜晚，是受到了诅咒的吧。虽然他从来不信这些。吸了一口烟，香烟袅袅的雾气在夜色里缭绕不散，越璨苦涩地抿紧唇角。

※　　※　　※

漆黑的夜色中。

叶婴设计室的门虚掩着，抽屉被小心翼翼地打开，里面赫然是那叠刚刚完成的设计稿！

设计稿被拿出来翻看。

那人仿佛惊呆。

随后，那人将它们放入复印机，几道白光闪过。

※　　※　　※

第二天的上午。

森明美死死地瞪着面前的那叠设计稿，她的手指微颤，又一次艰难地一张一张审视了一遍。她的脸色极其难看，身体也不可抑制地颤抖起来，即使用最挑剔的目光，叶婴的这批设计稿也要远远比她的设计作品优秀好几个等级！

她的白色蕾丝的灵感，在叶婴面前，就像是小孩子的玩意。颓然地扔掉手中的设计稿，森明美自嘲地笑，那可不就是小孩子的玩意，那是"小公主"在还不到十岁的时候做来穿着玩的。

恨意渐渐侵蚀而来。

总是有这样的人……

总是有这样仿佛天赋异禀，仿佛生来就高高在上，成功与胜利不费吹灰之力就可以手到擒来的人，在这些人的面前，再多的勤奋和努力都是滑稽的。

以前是那个"小公主"。

现在是叶婴。

她用了这么多年的时间，在时尚圈打拼，好容易才站稳了一席之地，而从国外野鸡大学出来的叶婴，却轻而易举就想将她挤走。她耗尽心血，为了大赛冥思苦想设计出的图稿，叶婴拿起笔来轻轻一画，就将之比到云泥之下。

握紧拳头。

指甲将手心刺得一阵阵疼痛。

森明美深吸一口气，不，谁也别想小看了她，那些眼睛长在头顶上的人，终有一天会趴在她的脚下！

※　　※　　※

深秋的谢宅，窗前屋后的蔷薇花没有了夏日时那样簇拥盛开的华景，唯独玻璃花房里的各种蔷薇依旧开得此起彼伏，恍若忘却了季节，坚持要如此日日夜夜、岁岁年年、花海般绽放。

但叶婴没有再去过花房。

几次越璨试图拦住她，她却远远地看到他就避开了，若是没有避过，便神情冷淡，并不想再听他解释什么。相反的，她对越瑄愈发温柔，同越瑄一起上下班，每每推着越瑄在花园里散步，或是出去约会，在家中进晚餐时也是眼睛里只能看到越瑄一个人。

这些日子，森明美的神情也很是憔悴，仿佛每天都在熬夜一样，整个人继续瘦下去，熬出了黑眼圈。这天晚餐的时候，谢华菱扫了森明美一眼，皱眉说：

"就算是年轻，也要注意保养身体。"

森明美一怔，立刻乖巧地回答说："是的，我会注意的，谢谢伯母。"接着又说，"伯母，您看起来精神也不是太好，我最近刚托人从国外带了一些上等的燕窝，想送给您补补身体，好吗？"

谢华菱细嚼慢咽地吃完小羊排：

"嗯。"

森明美脸上闪过一抹喜色，唇角弯起弧度，先对身旁的越璨笑了笑，然后得意地瞥向对面的叶婴。叶婴将鱼刺剥出来，把干净的鱼肉放入越瑄的盘中，最近他的身体越来越好转，可以吃一些海鲜。察觉到森明美的目光，她抬目，淡淡一笑。自从森洛朗死亡的消息传出，原本对森明美非常冷淡的谢华菱，态度变得温和了一些。

"我有件事情想要宣布。"

将叶婴放入盘中的鱼吃完之后，越瑄用餐巾拭了拭唇角，温和地看了眼叶婴，握住她的手，对餐桌上的众人说：

"叶婴与我订婚已经有一段时间了，我们准备……"

背脊僵硬，森明美咬紧嘴唇，她预感到将要听到的是什么，可是她一点也不想听到！身旁的空气如同被瞬间冰冻起来，冷得森明美打了个寒战。

"……下个月举行结婚典礼，届时邀请大家出席我们的婚礼。"越瑄温和地微笑，然而他握住叶婴的那只手，掌心却滚烫潮热，然后他又握得更紧些，眼底有种迥于以往的炽热，恍若栀子花的清香正在盛夏艳阳中惊心动魄着。

"不行！"

谢华菱下意识地立刻反对。

"母亲。"

越瑄的声音略沉了一些，视线停留在谢华菱的脸上。谢华菱的面色变了几变，挣扎几秒，泄气般地说："反正你大了，也不用听我的话了！不过，你答应过我的事情，可不要忘记！"

"我会记得。"

越瑄回答说，回首又望了叶婴一眼，那眼神中温和如海水般的情意令得森明美的胸口闷堵难当。她没有想到谢华菱居然这么轻易就妥协，可是此刻的她也并没有任何立场来反对。

"这不可能。"

冰冷的声音从身旁响起，森明美愕然扭头，见越璨直直地逼视着越瑄，他面色铁青，眼神毫无掩饰地冰冷刺骨。她这才意识到，方才那简直将空气冰冻的冷凝气息竟是从越璨身上散发出来的。

"你们，"目光冰冷缓慢地扫视过越瑄和叶婴，越璨一字一句地说，"绝、不、可、能、结、婚。"

叶婴挑了挑眉梢，越瑄沉静地回视着越璨，两人都没有说话，仿佛越璨的反应早在预料之中，没什么值得诧异。谢华菱虽然吃惊，但因为素来厌恶越璨，便也没有说话。

"为什么？"

反而是森明美，她张了张嘴，还是没忍住。为什么反对的会是越璨？！谢华菱是越瑄的母亲，她是越瑄的前未婚妻，为什么出声反对的居然是跟越瑄感情并不算深笃的异母兄长越璨？！

"因为——我不同意！"

越璨下颌紧绷，冰冷地看了眼越瑄，站起身来，将餐巾重重摔在桌上，刀叉被震得一阵巨响！在森明美的目瞪口呆和谢华菱"野孩子"、"没教养"的咒骂声中，越璨愤恨地大步离开！

走廊中窗扇大开，夜晚的风沁凉沁凉。
越璨愈走愈急！
额角的太阳穴突突直跳！
他的面容铁青得已经近乎狰狞！

等候在走廊尽头的谢沣被他骇得心中一颤，直至越璨冷厉凶狠的目光杀过来，才紧紧精神，迎上前来，小心谨慎地说：
"意大利那边有消息传过来。"
越璨面无表情，听他汇报完毕，哼了一声，冷笑说：
"接着查！"
"如果消息准确，"谢沣少年的面容露出一分狠意，"我们要不要……"
停下脚步，越璨闭了闭眼睛，说：
"不。到时，你等我的命令。"
谢沣有些困惑，看到越璨的脸色，忙立刻回答说：
"是，明白！"

走进房间，越璨阴沉着脸坐到书桌后，摸出一包烟，开始一根接一根重重地吸着，浓重的烟草味将整个房间充满。

※　　　※　　　※

森明美也是一夜没睡。

她面容憔悴。

神情黯淡。

吧台上的红酒已经喝得近乎见底，她醉眼惺忪地摇着手中的酒杯，面前还是那叠叶婴准备参加大赛的设计稿，脑海中反复闪过的是越瑄宣布即将同叶婴结婚的那一幕场景，以及越璨出人意料的激烈反应。

"……你真厉害。"

醉倒枕着自己的胳膊上，森明美痴痴地笑，手中的酒杯倾斜，殷红透明的酒液蜿蜒在吧台，她用手指沾着如血般的红酒，一笔笔在台面上描画着什么，神经质地喃喃自语：

"你真强大……叶婴……咯咯……我真是自叹不如啊……"

※　　※　　※

越瑄和叶婴却是一夜好睡。

白色的薄被下，两人手握着手，头抵着头，脸对着脸。

同样幽长漆黑的美丽睫毛，同样嫣红如醉的美丽双腮，同样赤裸微露的美丽肩头，在似乎同样甜蜜的睡梦中，两人连唇畔幸福的微笑恍若都是一模一样的。

第二天。

叶婴神清气爽地起床，换上晨跑的衣服，在花园里慢跑了几圈。她碰到了似乎一夜未眠，刚刚从玻璃花房走出来的越璨。她放慢速度，看起来心情很好地同他打了招呼，而越璨只是漠然地看了她一眼，就从她面前走过去。

这跟她想象的不一样。

叶婴挑了挑眉梢，慢吞吞地继续跑。不过，又有什么能跟她想象的完全一样呢？她淡淡一笑，然后扬起更为明亮的笑容，朝着花亭下的越瑄跑去。

Chapter 8

沉睡中的少年蜷缩着、寒冷着、颤抖着，身体被
雨水淋湿得渐渐透明。

亚洲高级时装大赛日益临近。

从设计的图稿，变成为真正的时装成品，叶婴带着乔治和
翠西，亲自挑选布料，挑选各种辅料，同制版师研究如何更
为精确地制版和裁剪。比赛时的T台展示，每个参赛的设计师
要展出一系列的设计，每人十套时装，只靠叶婴一人是难以完
成的。

此时的乔治和翠西，对于叶婴的设计才华早已经是深深的
崇拜。随着一件件参赛时装的完成，乔治一次次发出赞叹的惊
呼，而翠西是一次次看得目瞪口呆。

"这才是真正革命性的设计！"

反复地赞叹着，乔治欣赏着模特身上最新完成的一件参赛
作品，视线流连着无法离开，仿佛对着深爱的恋人般轻轻抚摸
碰触，再一次感叹地对翠西说：

"叶小姐真是绝世的天才！'拥抱'系列已经是惊世绝
艳，足以在时装界站稳名号，我原本还以为，叶小姐将会用
'拥抱'系列参赛，没想到，她竟然可以为大赛拿出全新的灵

感来！"

翠西也望着这件新作，喃喃附和：

"是啊。"

"这组设计，不仅仅是引导潮流，简直可以说是开辟一个新的时代，出现一个全新的种类！"乔治震撼地说，"只有真正的大师，才会有这样革命性的设计啊！真想看看叶小姐的大脑是什么样的结构，难道她是外星人？或者是从异世界……"

"是啊。"

翠西喃喃地说。

随着比赛日期的临近，亚洲高级时装大赛成为时尚圈最为瞩目的盛事。面对一家家前来采访的记者时，叶婴的态度有一种基于实力的自信和冷傲。

时尚界新锐女王。

不知从哪家媒体开始，这个名号被冠于了叶婴。因为"拥抱"系列的大获成功，媒体纷纷预测，中国区大赛的夺冠热门是叶婴与森明美，其中叶婴胜出的几率更大。不过，也有一些媒体认为，森明美系出名门，被身为国际设计大师的森洛朗从小培养熏陶，其底蕴深厚，未必是突然冒出的叶婴所能够打败的。

而叶婴，在参赛的作品一件件顺利完成之后，便对即将来临的大赛不太关注了，也并不关心森明美那边的进展情况。这段时间，她感觉到仿佛有什么事情，正在水面下不为人知地暗暗进行。

她很少见到越璨。

自从结婚的消息宣布后，在谢宅的晚餐上，越璨几乎就不再出现，森明美反而有几次单独过来，在进餐时与谢华菱的感情显得越加融洽。

越瑄每天都去集团公司。

每天，越瑄很晚才回来。她担心越瑄的身体，劝他不要那么辛苦，或者将事情拿回家里来做。越瑄每次都是将她轻轻拥进怀里，久久地抱着她，当她一再追问时，他甚至会轻轻吻住她的双唇。

这样的越瑄，让她心疼柔软得竟有些不知所措。

夜里，越瑄开始做一些噩梦。一夜夜，他辗转颤抖，眼角沁出泪痕，身体亦因为痛苦而抽搐。随后，一夜一夜，整夜整夜，越瑄都紧紧地抱着她入眠，无论何时醒来，她都发现自己被越瑄紧紧抱在他的胸口，他的双臂紧得让她的呼吸都有些困难。

"你对越瑄做了什么？"

终于，叶婴在深夜的玻璃花房找到越璨，质问他。越璨正在为花圃松土，潮湿的空气里混着花香，他用毛巾擦拭手指上沾到的泥土，冷笑说：

"你对我又做了什么？"

叶婴忍着，吸了口气，说：

"我和越瑄，是真的打算结婚。我并不是因为森洛朗的事情在报复你。我……我喜欢越瑄，他跟所有的事情都没有关系，他身体不好，他也是你的弟弟，你不要为难他。"

"哈哈。"

越璨的眼神幽冷阴森，冷笑仿佛凝固在他脸上：

"果然，那些只要我愿意帮助你，你就肯回到我身边的话，全都是诓骗我的谎言。你对越瑄，就算没有森洛朗的事情，你也愿意跟他结婚，这真令我心碎。可惜，你对越瑄的了解有多少？是的，他是我的弟弟，所以我了解他，比你了解他多一千倍一万倍！"

"你以为我在为难他？"

越璨的冷笑如同玻璃花房外浓郁的夜色：

"也许，并不是我在为难他，而是他在为难我。是他一直在逼迫我，为难我。只不过你的眼睛已经被蒙蔽，什么都看不到！"

叶婴皱眉，说：

"你不用说这些。我只是请求你，不要为难越瑄。"越瑄的身体才刚刚好转，她希望能够维持下去，不要被任何事情破坏。

越璨狠狠地瞪着她，良久，忽然自嘲地一笑，心灰意冷般地说："放心，你的越瑄是任什么也摧毁不了的钢铁侠，没人能为难他。只有我才是一个傻瓜。"

※　　※　　※

而后的几天。

花园里的玻璃花房再无一人，越璨似乎连谢宅都不回了。森明美也没有再来。一切似乎都异常的平静，平静得近乎诡异，接连几天淅淅沥沥地下着雨，天始终阴沉沉的，叶婴心中也沉沉的，仿佛被什么压着，透不过气。

到了晚上。

叶婴沉沉地睡着了。

窗外的雨声似乎一直在淅淅沥沥，她睡得朦朦胧胧，那雨声隐约将她带回到许多许多年前的街心花园。雨雾中盛开的绯红蔷薇，雨滴打在黑色的大伞上，绯红如血的蔷薇丛里有一个沉睡的少年。隔着如烟如雾的雨丝，她恍惚地望着那个少年，没有上前，任由一层层的雨水将少年的身体淋湿。越来越湿透，沉睡中的少年蜷缩着、寒冷着、颤抖着，身体被雨水淋湿得渐渐透明，一寸一寸，透明得如同在渐渐消失……

猛地睁开眼睛！

叶婴急促地呼吸着。

"做梦了吗？"

轻轻拍抚着她的后背，越瑄的声音温和安宁。细细的雨丝淋湿在落地窗上，密密地交织着，像一张细密纵横的蜘蛛网，窗外的花园小径有晕黄的地灯，在夜色的雨雾中朦胧得只余一团团光影。

"喝点水。"

从床头倒了一杯温水，越瑄放到她的手中。温热的杯子熨暖她的掌心，她缓缓喝了几口，热气从喉管温暖到胃里，整个人顿时舒服多了。慢慢地，一下一下，越瑄犹自轻轻拍抚她的后背。

"把你吵醒了。"

梦里的情景渐渐远去，叶婴靠在他的肩头，她用面颊蹭了蹭，感受着他温暖清爽的体温。越瑄接过她手中的水杯，放回床头，继续拥着她，手臂慢慢在她的肩头收紧。

台灯有温暖的光芒。

这种温暖使得叶婴忽然有点心悸，她不自觉地抱紧越瑄，面颊紧紧贴在他的胸口，轻声说：

"就好像做梦一样……"

"嗯？"他的声音温和轻柔。

"……能够遇到你，"不知为什么，说到这里，她的心跳异常慌乱，脸也滚烫起来，"越瑄，有时候我觉得，也许上天一定要人经历过很多痛苦，才会被赐予一个礼物。如果可以选择，我不想经历那些。可是，我很高兴，能够遇到你。"

"……"

手掌在她的肩头顿住，越瑄的呼吸仿佛也停止，半晌，他在她的头顶落下一个吻。

然而她并不满足。

在这样的一个雨夜，她的心里仿佛有饱胀的感情在沸腾，她伸出手，将他拉下来，让他躺在雪白的枕头上，轻轻地吻住他，然后越吻越浓，越吻越重。两人的呼吸急促起来，窗外的雨也越下越密，越瑄翻身压住她，他那略微苍白，却修长美丽的身体，在这样的夜晚，性感动人得仿佛可以逸出香气来，令她一阵阵更加心悸。

"我来。"

他深深凝视她，吻住她的唇。

"瑄！"

颤抖着，她整个人都战栗起来，她紧紧抱住他，将自己完全地交给他！他的体温略凉，恍如夏日里栀子花那雪白冰凉的花瓣，她必须要紧紧地、紧紧地箍住他抱住他，灼热才不会将他蒸散。她爱这个男人，是的，在这一刻，她愿意承认，她爱这个男人。她愿意嫁给他，她希望自己可以在他面前呈现出自己最好的那一面，她愿意同他一起生活下去，她喜欢他给予她的温暖和幸福，她也希望自己能够将幸福和温暖给予他。

"叶婴……"

同样颤抖地吻着她，越瑄的眼底有着无比浓郁强烈的感情，他的亲吻愈来愈狂热，愈来愈失控！如同是被烈火焚烧着，他的动作比以往的每一次都要剧烈，深深地，狂热地，像是想要挤出她的灵魂来，像是想要侵占她的每一个细胞！

"越瑄！越瑄！"

身体被热烈的快感肆虐着，她的理智使她试图想要越瑄慢一些、和缓一些，她担心他的身体无法承受这样的强度。可是，那越来越高，越来越强烈的狂潮，使她终于无法思考，那如狂风暴雨般倾泻而来的，满涨到要不顾一切在夜空中炸开的，她愿意承受他所带给她的一切！

终于。

如艳阳下浓烈的栀子花香！

铺天盖地。

席卷而来。

窗外雨急，室内的香气渐渐悠游而和缓，叶婴良久才动了动，察觉到越瑄正在用温热的毛巾帮她擦拭着方才身上的汗水。他的动作细致温柔，仿佛那是此刻最重要的事情，于是她的心底又如同有温泉的水，咕嘟，咕嘟，一波波荡漾涌出。

"抱抱我。"

不自觉地，她向他撒娇，拽住他的手。他微微一怔，随后笑着摸了摸她，眼神温和地说：

"我先帮你擦完，你睡得会舒服些。"

"不要擦，"她呢喃地窝进他的怀里，"我喜欢身上有你的味道，"用自己光裸的腿压住他的腿，她闭着眼睛，打个哈欠，又小女孩一样撒娇地说，"你也不许擦，你身上也要有我的味道。"

"……"

似乎无奈地叹了口气，越瑄拧灭床头的台灯，随她躺入薄被里。窗帘依旧没有拉上，屋内一片夜色，窗外是连绵的雨声，叶婴渐渐睡着了，朦胧中，她隐约感觉越瑄想要对她说什么。

"叶婴……"

那声音里有某些异样的东西。

她呢喃着，想要醒过来，回应他，然而身体疲惫得连脚趾头都动不了。仿佛是被他抱着，抱得就像前几晚一样的紧，甚至更紧些，紧得让她有些不舒服，她边睡边哼了几声，那紧抱她的力量才缓缓放松。

等醒来后……

要问问他刚才想说什么……

朦胧地沉入梦乡，这是她睡着前的最后一个念头。

雨声滴滴答答。

滴答。

滴答。

忽急忽慢，缠缠绵绵，一直滴入她的梦里。雨滴从黑色大伞滚落，一滴滴，清澈的，透明的，巴黎的街头她第一次见到他，雨雾中他的背影，如一幅黑白水墨的画卷。一笔笔勾描他的画像，拦住他的轮椅，大雨中用力拍打他的车窗，他的清冷，他的冷淡，他的疏离，渐渐温和，就如墨滴入水中，渲染出一层层的轻柔……

雨越下越急。

雨滴噼噼啪啪。

"砰"的一声重响！

如同某扇窗户被风雨猛地震开！

她醒了过来。

满室夜色，落地窗外树木的枝叶随风被吹得摇摆凌乱，细雨已经转为大雨倾盆，白花花的雨水"哗哗"地冲洗窗玻璃，如无数蜿蜒奔腾的透明水流。望着窗外的大雨，她拥被呆坐几秒，才意识过来，房间里竟是空荡荡的，她的身边空无一人。

越瑄呢？

她一急，伸手摸向越瑄那边的位置，薄被下依稀还有他的体温，他应该离开还没有多久。可是，这样的大雨，他去了哪里？掀被下床，她穿上拖鞋，打开房门去找。以前也曾经有过一两次，他半夜身体不适，怕影响她睡眠，便避到隔壁的卧室。

"叶小姐。"

走廊里值夜的特护见她出来，立刻起身。特护回答她说，十几分钟前二少是出来了，但是并没有去其他房间，而是往花园方向去了。

"花园？"

叶婴看向外面一片白茫茫的大雨。

"是的，叶小姐。"特护回答说。

窗外的风雨将走廊的窗户吹得剧烈作响，雨水浇进来，地面湿了一片，洇成濡湿的灰色，叶婴蹙眉，转身回卧室披上一件针织外套，又为越瑄拿了一件厚外套，抓起一把大伞，不顾特护的劝阻，冒雨向花园走去。

一出走廊。

狂风卷着雨水扑面而来！虽然撑着伞，但雨水仿佛是来自四面八方，瞬间就将叶婴打湿！狂风拼命撕扯着她手中的伞，她用足力气抓紧，不让伞被风雨卷走或是翻卷过去，花园的小路漫过了一层雨水，她吃力地走着，雨水冰凉，混着黄黑的泥土，又湿又滑又脏。

放眼望去。

白茫茫的雨世界。

除了白花花的雨水，就是深夜的漆黑，小路两旁的地灯在大雨里昏黄暗淡，撑着伞，她站在大雨里，远远的，只有远处那座玻璃花房灯火通明，好像童话里的水晶城堡一般，明亮得晶莹剔透。

在倾盆的夜雨中。

一步一步，她走近那座明亮的玻璃花房，雨水早已将她全身淋湿，空气冰冷潮湿，脚底异常湿滑，几步一踉跄，她必须走得小心翼翼。望着近在咫尺的玻璃花房，她忽然有种诡异恍惚的感觉，就像是在一场梦中。

雨水哗哗。

在她的脚边溅起一朵朵透明细碎的水花。

当她推开玻璃花房的门，喧嚣的风雨声遮住了所有的声音，在这沁凉的深夜，花房里的空气显得格外潮湿，带着强烈的泥土和植物味道，又闷又热，堵得她胸口一阵涩闷。

"……这就是你的条件？"

浓浓嘲讽的声音，自潮热的花房中飘荡过来。

视线穿过那丛盛开的绯红蔷薇，她看到了越璨那张浓丽野性的侧脸。眼底有着毫不掩饰的讥嘲，越璨挑着眉梢，对面前的某个人，冰冷嘲弄地说：

"想必你也知道，我拿到这些股份，且不说付出了多少时间和精力，光是付出的金钱就远远超过你刚才报价的两三倍！"

对面那人似乎回答了几句。

声音很低。

离得又远。

叶婴似乎没有听清。

"呵，"听完后，越璨一声冷笑，"你这是在要挟我？就这么低的报价，你以为我就会把这些年来的心血，全部给了你？！不错，我是很有诚意来跟你做这笔交易，也希望能够愉快地解决这个问题，可是，你未免也太贪婪了，我亲爱的弟弟！"

一道闪电撕裂雨夜！

骤然雪亮的光芒将玻璃花房映得惨白如白昼！

在越璨的对面，轮椅里那单薄的身影，那清峻苍白如栀子花，却淡静得仿佛一切皆在掌握之中的面容，正是越瑄。

雷声轰响。

她的耳边是轰轰的雷雨声，又隔着几米的距离，然而竟不可思议地将越瑄那淡淡平静的声音，听得清晰无比。

"既然你想谈，这就是我的条件。"越瑄平静地回视着越璨，神情毫无波动，"你可以选择不接受，我并不会勉强你。"

"呵。"

越璨又冷笑一声。

狂风卷着暴雨一层层冲洗着玻璃花房，轮椅里，越瑄疲倦地揉了揉眉心，驱动轮椅，缓缓转身，说："那么，我回去了，我不想她醒来看不到我。"

"闭嘴！"

突然间怒了起来，越璨额角的青筋突突直跳：

"你觉得你有什么资格？！如果她知道你处心积虑筹谋这么久只是要利用她来要挟我，只是要利用她来换取我手中谢氏的股份！你以为她还会在你身边多停留哪怕一秒吗？！"

苍白的手握在轮椅扶手上。

越瑄淡淡一笑：

"她啊，她是个傻瓜。"

这句话，淡得如同花房玻璃上滑落的雨痕，他的面容甚至也有着某种淡淡的怜悯，不知是在怜悯越璨，还是在怜悯她。

闪电在玻璃花房外一道道炸开。

亮如白昼。

站在稠密的花叶后，这一切荒诞得就像是一个梦境，而耳边轰隆隆的雷声，又令她战栗得从未有过的清醒！

"如果我答应，把我手里谢氏的股份全都给你，"越璨脸上闪过一抹血色的凶狠，"你就放过她，让她死心，放她回到我的身边？！"

"可以。"越瑄颔首。

"你值得我相信吗？我又怎么知道，你会不会再花言巧语地把她哄回去？！越瑄，你毫无信誉可言！"握紧双拳，越璨眼中满是怒火。

"你也没有别的选择，不是吗？"越瑄声音平静。

克制着怒火，半晌，越璨才从齿间忍耐着磨出一句话：

"你滚吧！明天我给你答复。"

雷电的白光与轰鸣中，越瑄的电动轮椅缓缓从浓密的花叶旁驶过。即使明知他看不到她，她依然战栗着向更深处退了一步。花房外仍旧大雨滂沱，手中紧抓住原本要拿给他的雨伞和外套，她木然地看着电动轮椅中越瑄的身影顷刻间被冰凉的雨水淹没。

"听到了？"

拨开簌簌盛开的白色蔷薇花的花枝，小麦色的男人手掌一把将她从深处硬拽出来。

"明白了吗？"

打量着她苍白木然的面庞，越璨近乎残忍地勾唇一笑，手指慢慢抚上她脸颊的肌肤，说：

"这才是越瑄。这才是真正的越瑄。"

Chapter 9

他仿佛竟是在享受这一刻，享受着她的崩溃，
享受着她终于肯面对着鲜血淋漓的现实。

一道道锯齿状的闪电！

惨白的光芒！

亮得狰狞，无比令人眩晕，仿佛声嘶力竭着要将黑夜撕裂
成碎片！轰隆隆的雷声伴随着那疯狂的态势！而绝望眩晕的光
亮只能维持几瞬，密不透风的黑暗继续将世界笼罩。

白色的浴缸里。

水哗哗地漫出来，弥漫着白色热腾的水汽，漆黑的长发如
水草般自水面下四面八方漂浮上来，隔着半尺的水波，幽黑
的睫毛在剧烈颤抖，她紧闭双眼，水下的面容有种近乎崩溃
的狂乱！

越璨坐在氤氲的浴缸边。

他眼神暗烈。

望着浴缸中的她。

他仿佛竟是在享受这一刻，享受着她的崩溃，享受着她终
于肯面对着鲜血淋漓的现实，享受着她胸口或许正在撕裂的疼
痛！

"哗——"

　　双手握紧浴缸边缘，她猛地从水中坐起，水花四溅！湿透的胸口剧烈起伏着，她死死盯住他，眼神如同鬼火般明亮，冷然说：

　　"是你设好的局，对吧。"

　　否则，怎么会那么巧，有声响将她从睡梦中惊醒，引她一路去向玻璃花房，又那么巧让她听到两人的对话。

　　越璨挑眉一笑，伸手拭去她眉毛上的水珠。

　　"聪明的小蔷薇。"

　　猛地挥掉他的手，叶婴唇角一勾，冷笑：

　　"辛苦你了，这么煞费苦心。"

　　"否则，你又怎么会相信呢？你的眼睛、你的耳朵全都被蒙蔽了！"越璨不以为忤，扯过一条浴巾，包住她湿漉漉的长发，像对待婴儿一样细心地为她擦揉，"在你的心里，越瑄是纯白的天使，要让你明白他究竟是什么样的人，只有让你亲眼看到、亲耳听到。"

　　温暖的水波。

　　氤氲的热气中。

　　唇角的讥讽如同凝固住，有股冰冷从她的骨缝里沁出来，良久，她木然说："这么说，我果然只不过是筹码。"

　　"越瑄知道你是谁！"

　　越璨眼底尽是阴霾：

　　"当年，我曾经把你指给他看，所以从一开始，他就知道你是谁！他是像冰山一样清冷寡欲的人，你以为，凭你那些刻意接近的招数，就能够吸引得到他？是因为他早就知道我跟你之间的关系，才会将计就计，把你带进谢家！你出车祸的那天，在医院里，他已经对我亲口承认了，他早就知道你是谁！"

……

"你这个笨蛋！"越璨沉痛地低喊，"……你只是他用来威胁我的手段而已！"

从一开始，越瑄就知道她是谁。

她以为，是因为画夹上那朵银色的蔷薇花，或者更早，是因为小女孩的她用树枝在花丛旁画下的那片花海。因为那一段段宛如月光般纯白的记忆，她将他亦描绘成一个纯白的美好男子。

被花枝的棘刺扎透。

她的心底痛出血痕斑斑。

不。

她无法相信。

她无法相信她只是他用来威胁越璨的手段，无法相信她只是他用来与越璨进行交易的筹码！那如栀子花般的纯净，那些温和的眼神和笑容，那些清淡却缠绵入骨的亲吻……

看到她苍白面庞上浮起的那两朵诡异的红晕，越璨手中的浴巾一缕缕绞着她湿亮的长发，慢声说：

"你还是不相信，对吗？"

"这几年，我悄悄收购谢氏的股份，份额已经足以影响到越瑄在集团地位。越瑄察觉到之后，就开始向我示弱，就连我把森明美从他身边抢走，他也一言不发。他明里向我传达善意，暗中却不择手段想要把股份再收买回去。"

"法国的那场车祸，所有人都认为是我做的。"越璨冷

176

笑，"其实，那只不过是一场越瑄自导自演的苦肉计。他想用这场车祸使股东们认为我心狠手辣不适合掌舵谢氏，好趁机将其他股份收拢。可惜，车祸的戏演大了，他重伤差点瘫痪，股东们害怕他身体状况恶化，股份反而更加集中到我的手中。"

浴缸中。

她沉默不语。

"原本我打算在下个月的股东大会上，宣布董事会股权比例的变更，我将取代越瑄出任董事会主席。于是，越瑄宣布，他将和你在下个月结婚。"眼底痛楚而嘲弄，越璨声音沙哑，"他让我选择，是要谢氏，还是要你。他开出的条件，你刚才也听到了。"

脑中一片木然。

她浑浑噩噩。

无法思考。

"我明白，"越璨嘲弄地一笑，"我也曾经跟你一样，喜欢越瑄，相信越瑄，觉得哪怕整个世界都变得黑暗，越瑄依然会是一道明亮善良的白光。"

"第一次看到他，他坐在轮椅里。"

陷入回忆中的越璨，声音暗哑：

"那么清秀的一个男孩子，学习好，有礼貌，却因为早产从小就身体屡弱，无法像普通男生那样进行室外活动，甚至连体育课都不能上。血缘是很奇妙的事情。知道他是我的弟弟那一瞬间，我就对他产生了强烈的同情和怜惜。"

"我觉得愧对他。因为身体不好，从小到大他被很多孩子嘲笑，我是他的哥哥，我应该把那些欺负他的孩子全都揍趴下！而我……我完全不知道还有这个弟弟，我从来没有照顾过他，没有保护过他。"

她的睫毛颤动了一下。

是的，她还记得。

那段日子，除了和她在一起，其他时间他都尽可能多地去陪他的弟弟。好几次，他踌躇满志想要将他的弟弟介绍给她，说她一定会喜欢他的弟弟，他的弟弟是个很善良很懂事很可爱的男孩子。

那时候的她是阴暗叛逆的少女。

她的世界很狭窄，并不想容纳更多的人。当她拒绝认识他弟弟，他神情中的失落清晰如昨日。

"我带他偷偷逃课去打游戏，去K厅唱歌，去游乐场，去吃路边摊，去打篮球，去钓鱼，去喝酒，"越璨笑了笑，"有一次，我还偷偷带他去酒吧，教他怎么追女孩子。现在想起来，他应该并不喜欢我带他去做这些事情。可他从不拒绝我。酒吧那次，他很尴尬，窘得夺门而逃。路边摊吃炸鸡，又吹了冷风，他病了一个多月。但只要我一个电话，他就会出来，就像……"

越璨眼神渐空。

"……就像他是这世上最乖巧最听话的弟弟，而我这个来路不明的野孩子，是被他发自内心崇拜敬爱的哥哥。他看起来那么纯良……那么温和……"

浴缸里的水渐渐变凉。

手中的浴巾机械地继续擦拭她的长发，越璨的眼神越来越空，仿佛穿透她，空洞地看向很久很久以前的时光。那段时光恍若曾经是金灿灿，美丽幸福得令人只能轻轻呼吸。

"……所以，当我们决定逃离的时候。当我要带着你，和父亲、母亲一起离开这里的时候，我对他充满罪恶感……"

回忆停在这里。

然后。

　　临走前的那个清晨。

　　约在那个每晚等候她放学的林中斜坡上，空气弥漫着白色的雾气，他终于告诉了轮椅中的弟弟，他不想没有告别就离去。

　　轮椅中。

　　弟弟震惊地仰起脸。

　　他蹲在弟弟的轮椅前，举起手向弟弟发誓！过几年他一定会回来！他一定会来找他！会像现在一样常常来陪他！

　　"……"

　　紧握轮椅，弟弟苍白着脸，如同林中飘渺的白雾，身体颤抖得仿佛正一寸寸碎开。无论他怎么保证，无论他反复保证，弟弟痛苦绝望的眼神像一根针，深深刺入他当时内疚的心底。

　　"不要告诉任何人！"

　　最后，他紧紧地叮嘱弟弟。

　　弟弟失神地望着他。

　　同以往每次逃课一样，弟弟给了他保守秘密的承诺。他也相信弟弟，相信弟弟即使再痛苦，也不会背叛他，那是一个纯良如天使的孩子。

"然后，就到了那天晚上……"

那个初夏的夜晚，她家窗下的小巷，斜斜长长，在四起的暮色中，像一个幽长甜蜜的梦。少年的他早早便来到了小巷的拐角，藏在一个废弃的窄门口，激动地抬头望向她的窗口。

那是老旧的木窗。

一圈斑驳的褐色窗台上，是她满满种下的白色蔷薇。天色渐黑，暮色中飘起了细雨，绿色的枝叶在细细的雨丝中欢快地舒展，枝叶间俏立着满满的白色花苞，一层层的花苞，在晶莹的细雨里，如同下一秒钟就会绽放。

细雨中。

望着她的窗台，他心跳突突，浑身的血液滚烫奔腾！

再过一个多小时，她就将带着行李，带着她的母亲，和他一起，和他家一起，离开这里！远方的国度里，他已为她准备好了一个蔷薇花园，在玻璃温房里种满各个品种的蔷薇花，可以一年四季都开出美丽绚烂的花海。他和她将会永远幸福地生活在一起！

街灯一盏一盏亮起。

那扇种满白色蔷薇花的窗户是打开的，暖黄色的光线从里面透出来。透明细密的雨丝中，他越来越紧张，仰首望着，想象屋内的她正在做些什么。

她已经吃完饭了吗？

是不是正在收拾行李？她和她母亲的护照在他这里，她只要带好随身的衣服就好，不，她的衣服他也有帮她准备了一些，她只要带上她母亲日常的药就可以了！

心跳如鼓！

她知道……

他现在就在她的窗下吗？

如果她可以探首出来望一眼，他就可以在巷子的拐角处伸臂向她挥手！或许她可以早一点出发，反正什么都已经准备好了！

心跳得像要蹦出来！

他紧张地翘首站在她的窗下，从未觉得时间过得如此缓慢，仿佛每一秒钟都如慢镜头一样漫长。霏霏的细雨中，少年的他可以看到窗台上重重叠叠的花苞们，绿色的花萼已经开始悠悠舒展，而美丽洁白的花苞，一点点，一分分，一片片，一瓣瓣，簇拥着，簌簌地，轻盈地，在透明晶莹的雨丝中缓缓绽开……

所以当音乐响起的时候。

少年的他最初竟以为那是来自他心底的歌。

而音乐声越来越急。

越来越响！

越来越紧迫！

只得低下头，他从裤兜里掏出手机，夜色昏暗中，簇新的手机屏幕上跳跃着一个来电号码。手机是弟弟今天刚刚送给他的，里面也还只有唯一一个号码。

"越瑄？"

刚接通电话，少年的他突然欣喜地看到雨中那白色蔷薇花的窗口映出她的身影，她正朝窗边走来……

窗外雷雨交加。

一道道惨白的闪电恍如要将万物撕裂！

声音嘶哑无声，讲述僵硬地断在这里，深夜的漆黑和闪电的苍白幻灯片般交映在越璨的脸上，他已然整个人被拖拽入往事的黑洞中！

"那晚……"
漠然望着窗外深夜的雷雨闪电，不知过了多久，她听到他的声音干涩低哑：
"……我的母亲也死了。"

震惊地抬头。
她心中惊骇无比！

依旧坐在浴缸边缘，窒息般的漆黑阴影深深笼罩住越璨的全身。
"我的母亲……在那一晚……也死了。"
又重复了一遍。
嘶哑的声音，仿佛终于撕开那干涸已久的伤口。很久之前，鲜血尚未来得及流出，便已被封存。汨汨的血，在苍白的伤口之下腐败发臭。于是扭曲，仇恨，从血腥里生出罪恶的花。
此刻。
将已腐臭的伤口扒开。
鲜血早已暗黑。
凝固。
虽然不可能得到她的谅解，他却终于从窒息的深渊里喘出一口气！是他，将一切搞砸。是年少轻信的他，将离开的消息告诉了越瑄，而越瑄，将这些告诉了谢华菱！

"那晚，知道父亲将要带着母亲和我离开，谢华菱勃然大怒。越瑄把我家的地址也告诉了谢华菱，于是谢华菱带人闯到我家。"应该是大排档那次，他将吃坏了肚子的越瑄带回他家。就是那时，越瑄知道了他家的地址。

他的手指死死握紧。

"那时候，家里只有我母亲一个人……"

雨丝纷飞。

小巷拐角处，少年的他难以置信地听到从手机那端传来的越瑄的声音，断断续续的声线，他无法理解自己听到了什么！

呆怔着。

不远处的窗台正在绽放着美丽的蔷薇花。

温暖的灯光透出来。

一仰首。

他便可以看到他的幸福。

雨中的小巷雾气四起，路面积了水，少年的他疯狂往家的方向跑！一盏盏昏暗的街灯，夜色如魅影，路上没有车辆，没有行人，脚下不住打滑，他拼命飞奔，某种莫名的不详预感将他的心脏死死攥紧！

母亲柔弱善良。

就算当年是谢老太爷强逼着拆散了她和父亲，她孤苦无依地生下他，独自将他抚养长大，对父亲也没有任何怨言。同父亲重逢后，她沉浸在幸福中，反而开始觉得不安，开始觉得愧对谢华菱和另外那个孩子。

有几次，母亲不安地问他，她这样跟着父亲，使得父亲想要离开那个家，会不会是不道德的。他回答母亲说，那是父亲的决定，如果父亲在那个家里不幸福，当然有重新选择的权利。

　　他对谢华菱任性跋扈的名声早有耳闻。至少，越瑄从小就体弱多病，跟谢华菱疏于照顾肯定脱不了关系。这样的女人，连自己的儿子都漫不经心，又怎么可能留住丈夫的心。

　　少年的他在雨雾的街道上狂奔！

　　为什么！

　　原本已经准备就绪，突然间一切变得混乱！谢华菱知道了，那父亲还能走得成吗？蔷薇还在等他……他的母亲，他柔弱的母亲，此刻是否已经在面对谢华菱的怒火？她能承受得住吗？

　　为什么，为什么越瑄会告密！

　　为什么——！

　　不知将会发生什么的恐惧，白茫茫的雨雾，伸手不见五指的尽头，心脏仿佛要迸裂的奔跑，那种恐慌，那种害怕……

　　"……等我赶回去的时候，"越璨闭上眼睛，"母亲被人从高高的楼梯推下去，地上一大滩血。终于等到救护车，母亲已经不行了。她的脸肿得很高，上面是被打得青紫的巴掌印，鲜血从她的嘴角涌出来，一股股的，像溪流一样，她甚至没办法再跟我说一句话，就死了。"

　　看着浴缸边表情木然的他。

　　叶婴心脏紧缩！

　　她从没想到竟然会是这样！

窗外是冰凉的雨，骤明骤暗的闪电，他的声音呆滞平板：

"警察说我母亲是自己意外坠楼，把谢华菱从警局放走了，我闯进谢家想要让她为我母亲偿命，却被抓进警察局，关了十五天。再后来，我被谢家的保镖押送到了意大利一所管理异常严格的私立学校，护照被收走，所有身份的证明也都没有。像在监狱一样，我与世隔绝地在那里呆了一年后，才知道，父亲在我的母亲去世后的第六个月，也去世了。而你的消息，我得到的更晚。"

轰轰的雷声渐渐走远。

屋内漆黑一片。

揪紧裹缠在身上的白色浴巾，叶婴默默望着阴影中的越璨，良久，她僵硬地说："这些，你应该早点告诉我。"

越璨似乎扯了下唇角：

"告诉你，让你可怜我？或是求你原谅我？呵。我告诉你，只是想让你明白，越瑄是多么'聪明'的一个人。他可以用很长时间来伪装，伪装得纯良无害，伪装得让你放下心防，而当你开始信任他，他不动声色的一句话就可以将你出卖，将你毁灭。"

打个寒战。

她的嘴唇渐渐发白。

窗户是打开的。

肆虐的大雨被风吹进来，冰凉刺骨，窗外的蔷薇枝叶在雨中狂乱地摇晃，膝盖上的毯子已经被雨水打得湿透。

宽大的双人床上空荡荡的。

越瑄独自坐在轮椅里。

没有闪电，没有雷声，深夜里只剩下滂沱的大雨。浑身湿透，背脊笔直，越瑄望着那雨中萧瑟的蔷薇。没有脚步声，没有她来，他等了很久很久，神情里渐渐有一抹惨白的笑意。

这晚，叶婴没有回去。

她留在了越璨的卧室。

一张大床，黑色真丝的薄被里，越璨躺在左边，她躺在右边。夜色漆黑，窗外的雨像是永不会停止，她睁着眼睛，没有表情地望向天花板。她没有睡，越璨也没有睡。

半夜两点左右。

屋外的走廊上突然一阵慌乱，很多急匆匆的脚步声向越瑄房间的方向跑去。黑暗里，越璨自枕上侧过头看她。她仿佛什么都没有听到，将目光从天花板收回，闭上眼睛。

不一会儿。

急救车尖锐地鸣叫着冲进谢宅！

"二少！二少——"

"快——"

"小心！"

走廊上的声音纷乱惊慌，房间里，她躺在黑色真丝薄被下，眼睛闭着，嘴唇抿成一线，就像已经睡着了。久久地望着她，越璨心中说不出的滋味，像被一柄透着凉意的匕首慢慢划过。

真是狠心的女人。

对他心狠。

对越瑄亦是如此。

她睡容安静，呼吸很轻，黑漆漆的睫毛遮住那双美丽的眼睛，一瞬不瞬。半撑起身体，越璨怔怔看着她，伸出手指，轻轻碰向夜色中她额角那道淡白色细长的疤痕。

她翻个身。

留他的手指停在半空。

背对着他，她蜷起身体继续睡去。

※　　※　　※

第二天。

叶婴如常踏入设计室。

看到她，翠西震惊不已，战战兢兢不知所措地跑过来。

"叶小姐，你、你怎么来了？昨天晚上二少不是……不是……"

昨晚半夜，二少被急救车送进医院，听说病情危重，甚至一度报了病危。因为二少是谢氏集团的法定继承人，集团的高层们连夜开会，紧急讨论万一出现意外情况的应对方案。所以叶小姐现在不是应该寸步不离地守在医院吗？怎么会出现在这里？！据她所知，集团几乎所有的高层现在都暂停了手头的工作，时刻关注二少的病情，谢副总和森小姐也在医院还没回来。

"德国伦布兰的衣料到了吗？"

冷冷打断翠西的话，叶婴在设计桌前坐下，打开抽屉，拿出里面的设计稿。

"……还、还没。"

"让人去催一下，最晚后天一定要到。"亚洲高级时装大赛还剩一周就要开幕，虽然参赛的作品已经全部制作完毕，但她几天前见到的这种质料更为硬挺一些的衣料，也许制作出来效果会更出色，她打算试一下。

翠西已经离开。

深坐在转椅里，叶婴翻开手中的设计稿，一页一页，她垂目看着，这些都是她这段时间的心血。她将用它们打败森明美。呵，她淡淡勾起唇角，森明美从来都不是问题。

每次伤害她的。

都是她的依赖和轻信。

所以，六年前越璨的失约，使她失去母亲，进入监牢。而六年后的现在……

默默闭上眼睛。

其实，这并不算什么，不是吗？她并没有真的损失什么。她原本也就打算利用越瑄，进入到谢氏的核心。她做到了。她企图利用别人，反而被别人利用，这很公平。

睫毛轻颤。

她闭目长长吸了口气。

心底冰冷闪烁的痛意，不过是因为痛悔自己轻忽大意，从六年前，她的心就已经冻硬成石。

※　　※　　※

医院。

加护病房。

经过兵荒马乱的一夜，医生打入高剂量的镇痛和安眠剂，被疼痛折磨得几次昏厥的越瑄终于陷入昏睡。然而，面色苍白，额角沁出细汗，昏睡中忽急忽沉的呼吸，显示着昏睡中的越瑄依旧是在痛楚里。

谢华菱紧握住儿子的手。

一夜未眠，脸上的皱纹出来好几根，谢华菱仿佛一下子老了好几岁。望着病床上的越瑄，谢华菱惊觉时光竟然消逝得如此快。

这个儿子出生的时候，她和越兆辉的婚姻已经是一个僵局。父亲的公司越来越离不开越兆辉，越兆辉或是待在公司，或是在外应酬，在家的时间可以忽略不计。越兆辉不爱她，她最初吵过、闹过，后来也就麻木了，越兆辉并不在意她在外面乱玩，她也渐渐把越兆辉这个丈夫当成摆设。只要越兆辉能给公司挣钱，能让她在朋友们面前越来越有面子就行。

越瑄出生，她坐了一个月的月子，然后就又每天出去happy。她是喜欢这个儿子的，儿子漂亮，聪明，听话，学习好，带出去很有面子。她也觉得自己是个还不错的妈妈，儿子身体不好，她特地请了医生和营养师照顾儿子。偶尔有时间，她也会到儿子的房间逗逗儿子，亲亲儿子，所以她觉得母子感情还是挺好的。

直到有一天，她发现儿子已经长大了。不爱说话，内向，虽然很懂事，很有教养，但是她完全不了解儿子在想什么。

"嘀、嘀。"

心电监护器发出规律的声音，看着儿子昏睡中苍白虚弱的面容，谢华菱心痛不已。女人啊，总是等到老了，才明白这世界上一切都是浮云，只有儿子才是最可依靠的，最应珍惜的。

"瑄瑄……"

喊着这个六岁后就没有再用过的儿子小名，谢华菱眼角潮湿，她用手抚了抚儿子被冷汗痛湿的黑发。过了一会儿，谢华菱站起来，整理好衣服，示意病房里的特护仔细看着儿子，打开病房门走了出去。

"太太！"

"夫人！"

一打开门，守在病房门口的谢平和谢浦立刻迎过来。板着面容，谢华菱嗯了声，这两人从小跟着儿子，忠心耿耿，昨晚也是谢平第一个发现越瑄情况不对，喊了急救车。

"副总，情况还好吗？"

走廊上谢氏集团的几个高层老总也急忙走过来问。

"还好。"

回答着，谢华菱看到在走廊上待了一夜的森明美正紧张地站起来，面容憔悴，眼睛里满是关心。面色阴沉，谢华菱扫视了一遍整个医院走廊，除了面前这些人和负责戒严整层楼的保镖们，没有别的人影。

"叶婴呢？"

谢华菱的脸色很难看，问谢平说：

"她怎么还不过来？！"

谢平的手半垂着，手机屏幕还在亮，隐约可看到上面长长一串未打通的电话记录都是同一个名字，他面无表情地说：

"叶小姐的电话关机，联系不上。"

从昨晚二少发病，他就再没见过叶小姐。叶小姐的电话最初还可以打通，他把二少所在的医院和病房告诉她，以为她会立刻赶来。久候不到，等他再打电话，叶小姐的电话竟关机了！

他考虑过叶小姐是不是出了意外。

但手下的人报过来的是，叶小姐昨晚在大少房间过夜，叶小姐吃了早饭，叶小姐去了公司，叶小姐去了设计室，叶小姐去了仓库……

　　"你让人去找了没有？！这么大的事，她居然不来陪着越瑄？！而且昨晚她是怎么照顾越瑄的！窗户开那么大，越瑄全身都湿透了！越瑄这次发病都是因为她！"

　　谢华菱勃然大怒！

　　"整天跟狐狸精一样缠着越瑄，现在越瑄生病，她反而像没事人一样，贱人！"

※　　※　　※

　　接下来，在越瑄住院的这期间，叶婴还是照常去公司，照常巡视"MK"各家店，照常忙于准备几天后即将开始的亚洲高级时装大赛。

　　她一次也没去医院探望谢瑄。

　　倒是森明美几乎每天守在医院，陪同谢华菱与医生讨论治疗方案，接待前来问候的各方亲友。于是很快的，业内开始传言谢瑄与前未婚妻修好，现任未婚妻叶婴地位不稳。

　　强烈的音乐节奏。

　　迷离的灯光。

　　长长的T台。

　　美丽的模特们踏着音乐陆续走出。

　　手拿流程表，叶婴站在台边，在喧嚣的音浪中同秀导交流，调整模特出场的顺序和出场的节奏。灯光师在叶婴的要求下调整着灯光，T台的布景重新做了调整，主持人的讲稿叶婴也逐字修改。

忙得满头大汗的乔治终于能偷空在旁边的观众席喘口气。霓虹变幻的光线中，他抓了瓶矿泉水仰头便灌，看着T台边在众人包围中忙碌认真的叶婴，他呲牙一笑，对翠西说：

"叶小姐果然能沉得住气。还以为她怎么也要去医院看看，结果，还真没去！"

翠西有点发呆：

"叶小姐，会不会太狠心了……"

"狠心？"

"二少这次病得这么厉害……叶小姐为了比赛，一次都不去医院看望，"翠西的眼中有迷惑，"……就算赢得了比赛，可是失去了恋人的心，又有什么意义呢？而且，听说最近叶小姐跟大少走得很近，该不会……该不会又像当时的森小姐一样……"

乔治嗤笑一声：

"亲爱的翠西，你不会是在暗恋二少吧。"

"啊？"

翠西失措不解。

"我和你，我们是叶小姐的助理设计师，工作是协作叶小姐完成她的设计作品，"乔治斜睨她，"叶小姐全神贯注在时装大赛上，没有分神在那些腻腻歪歪的事情上，这才是最正确！只有证明了自己的实力，才能让那些背后说叶小姐是靠着谢二少爬上来的人们闭嘴！"

"可是……"翠西呆了下，"……这并不矛盾啊，就算叶小姐去探望二少，也耽误不了多少时间……"

"你又知道什么，大少、二少、森明美，一堆乱七八糟的事情！"乔治嗤之以鼻，"叶小姐比你聪明多了，她肯定心里早就有数。现在对叶小姐来说，最重要的就是在大赛里扬名立万，拿到冠军！"

"……叶小姐如果输了呢？"翠西喃喃说，"如果输给森小姐……"

"怎么可能！"乔治很有信心，"叶小姐参赛的这个系列，绝对、绝对是前无古人、后无来者！这次大赛，这个系列只要一拿出来，绝对震惊时尚圈，不可能不是冠军！"

黑暗空荡的观众席中。

呆了呆，翠西茫然地望向那华丽梦幻的T台。

纵然炫目的光芒中模特们一个个美丽婀娜，但台边的叶婴依然是最夺目的存在，秀导、灯光师、音响、美工环绕着她，仔细聆听她的每句话，她目光肃定，神情认真，仿佛女王般，世上没有任何事情可以将她打倒。

同一时间。

偏僻的临时仓库。

虽然从外面看，这座仓库其貌不扬，但内里一应俱全，异常宽阔，可以同时容纳上百人，甚至搭建有不逊于正式T台的彩排场地。仓库每天由十几位保安24小时严密看守，今天是仓库启用以来最热闹的一天，从一辆大巴车下来十几位美丽高挑的模特。

"天哪！"

当看到模特们换上森明美为大赛制作的时装后，素来矜持的琼安也忍不住激动的神色，低呼：

"这简直是无与伦比的杰作！"

廖修难以置信地看着模特们身上的华服，不由开始怀疑自己以前的判断。在他看来，森明美虽然在年轻设计师中堪称优秀，但并不非常拔尖，某种意义上来讲，他认为她缺乏成为顶尖设计师的灵气。参加这次亚洲高级时装大赛，森明美最初拿出的白色蕾丝系列，虽然仙美十足，但想要问鼎冠军，他觉得还欠火候。

而面前的这个系列。

惊才绝艳！

这是具有划时代意义的设计作品！

"这……"

廖修激动地伸手摸了摸模特身上的衣服，这种设计只属于国际顶尖大师，即使不是他的作品，能够看到这样的作品出现，也是无比值得光荣的事情！

跟琼安与廖修的激动比起来，正在为模特身上衣服做最后尺寸修改的森明美就显得淡然多了。蹲下身，用别针将腰部改得更收些，森明美抿唇笑了笑，说：

"还好吧，只不过这种设计比较少见而已。"

"不！"

廖修立刻说：

"就像香奈儿女士革命性地把裤装列入女装的范畴，您这次的设计，也同样具有令人震撼的效果！"

难怪前段时间森小姐对自己的参赛作品严格保密，琼安和他都没有见过设计图稿，后来进入制作阶段时，森小姐专门从德国请来裁剪和缝纫团队，做足保密工作。感觉到不被信任，他心里曾经有些不快，但此刻他觉得可以理解，这样突出的设计理念一旦被泄露被剽窃，将会是森小姐巨大的损失。

"是吗？"

森明美似乎笑了笑，示意模特转身，她用别针把身后的腰线也重新整理了一下，对廖修和琼安说：

"今天请你们来，是请你们帮我一起把最后的细节再修一修。马上大赛就要开始了，每个细节都不能出错。啊，还有，还请你们对今天看到的内容保密。"

"好的，当然。"

廖修点头，说着他挽起衣袖，开始为另一位模特身上的衣服做调整。琼安也立刻开始工作，她知道最近几天明美都在医院照顾谢越瑄，时装大赛落下一些进度。手中忙碌着，琼安很欣慰，也许竞争真的是件好事，正是有了叶婴小姐虎视眈眈的进攻，明美才能够突破自我，拿出如此精彩的设计作品！

亚洲高级时装大赛。

阳光自仓库的窗口洒照进来，同大家一起紧张忙碌着的琼安认为，冠军必定是属于森明美的！

直到夜晚。

仓库外，星辉点点。

模特们已经离开，森明美、琼安和廖修把一套套最后精修完毕的衣服小心地重新放好，关好仓库的大门，锁上大锁。夜色中，十几位保安继续昼夜轮值看守这里。

三人的车停在仓库门口。

琼安和廖修看到那里多了一辆车。

柔和月光，高大的越璨站在林宝坚尼前，向森明美抬手致意：

"嗨。"

Chapter 10

她不想成为任何人的筹码，也不想再去判断究竟
什么是虚情什么是假意。

深夜的公路。

车窗半开着，呼呼的夜风灌进来，森明美的长发被吹得凌
乱。她立刻将车窗关闭，用手指将一缕缕卷发理顺，车内烟草
味道浓烈呛人，她含嗔地看向越璨，说：

"怎么抽这么多烟？"

"嗯。"

单手扶着方向盘，越璨望着前方公路那些零星的红色尾
灯，敷衍地勾了勾唇角。

"等我等很久吗？"

因为他体贴的举动，森明美心里有不自禁的喜悦，完全不
在意他的冷淡。

"嗯。"

猛地转向通往市区的路，越璨依旧漫不经心地回答。

"坏人！"

森明美伸手拧了一下他的胳膊，嗔道：

"有心来接我，说话却这么不阴不阳的！啊，哼，说起
来，好久没见你了呢！听说，越瑄住院那天晚上，叶婴是在你
的房间过夜……"

196

"听谁说的？"

越璨斜睨她一眼。

"谁说的都不重要，"森明美嘟嘴说，"我只要听你自己说！叶婴现在跟你到底是什么关系，为什么她会在你的房间过夜？为什么越瑄生病她连医院都不去？"

油门猛加。

车速顿时变得风驰电掣！

越璨的脸冷下来。

被致命飞车般的车速吓得脸色一白，森明美死死抓住上面的把手，半晌才胆战心惊地回过神，眼圈变红，委屈地说：

"璨，我不是那个意思……我没有不信任你，我只是……只是太害怕了……叶婴就像从哪个黑暗阴影里冒出来的怪物，她一下子就把越瑄迷得昏头昏脑，我怕她再使出什么手段来迷住你……"

"那你还让我去接近她。"

车窗外光流迷离，越璨冷笑。

"……"一时语塞，森明美陪着笑，讪讪地撒娇说，"好啦，我知道委屈你了。都是我不好，你专程来接我，我却找你的麻烦。都是我错，你原谅我吧，原谅我好不好。"

说着，森明美讨好地用手轻抚越璨的手臂。

越璨冷冷闪开。

森明美心中顿时一凉，脸上的表情也开始尴尬，时至今日，越璨还是不喜欢跟她有略微亲昵一点的举止。

"正在开车，注意安全。"

皱眉，越璨冷然说。

森明美松了口气，继续笑容娇美，说：

"后天就是亚洲时装大赛，我的参赛作品已经全部完成，琼安和廖修觉得我肯定能拿到冠军！"

"是吗？"又一个转弯，越璨漫不经心地问，"会比叶婴的作品更出色吗？"

"不要把我跟她相提并论，"声音里有极短的停顿，森明美不屑地说，"她不过是野鸡大学毕业的，前两次只是运气比较好，这次大赛比较的是真正的实力，等我和她的作品一拿出来，大家就会知道什么是真正的凤凰，什么是东施效颦的麻雀。"

"东施效颦的麻雀……"

越璨慢慢咀嚼这几个字。

"叶婴的参赛作品也已经全部完成了吗？"森明美状若随意地问，"她用的是哪些模特？"

从观后镜里扫了她一眼，越璨说：

"今天她进行了彩排。"

"哦？在哪里？秀导是谁？灯光师是谁？模特公司……"森明美难掩声音中的急切。

拿出一份文件。

"都在这里。"

越璨将它扔进森明美怀里，似笑非笑地说：

"知道你会很想知道，所以第一时间就拿来给你，结果却被你排揎一顿。"

"啊！"

紧紧抓住那份文件，森明美迫不及待地看起来，果然，里面有所有她想知道的内容，心中大喜，她恨不能抱住越璨狠狠亲一口！只是怕又被他闪开，她只得强压住欣喜，娇嗔地说：

"璨，好爱你！我该怎么感谢你！"

夜色的公路上，林宝坚尼如一道炫目的闪电。车内，越璨扯了下唇角，漠然说：

"那就把这次的冠军拿给我。"

彩排结束。

华丽的灯光一排排熄灭，音响安静下来，模特们和所有的工作人员已经离开，乔治和翠西带着参赛的衣服也离开了，场内空荡荡的，只剩下叶婴一个人。

她将东西收拾好。

坐在黑暗的观众席上，她仿佛在等什么人，又仿佛只是想独自一个人待会儿。孤零零的影子，斜斜长长，落在一阶阶的观众台阶，她恍惚想起，很久很久之前，当她还是一个小女孩，父亲每次在时装秀之前，都会有这样的彩排。

时装不仅仅是穿在模特的身上。

它还是一种情景。

配合着灯光、音乐、节奏、编排，让一场时装秀，美轮美奂，华丽梦幻，令人沉迷，令人震撼。每次，彩排时父亲在T台下指挥全场，小女孩的她就独自坐在观众席，静静看着一遍遍彩排，如同看着蔷薇在一点点绽放，最终绽放成华丽盛大的花海。

她喜欢那绚丽的灯光。

喜欢那美妙的音乐。

喜欢模特们美丽婀娜地款步走出。

喜欢父亲神情中的认真。

喜欢忙碌的父亲从T台旁偶一回首，看到观众席她仍旧乖乖坐着时，眼底流露的慈爱笑意。

走到墙边。

她扳下灯光的开关。

一排排灯光逐一亮起，簇簇光线炫目，华丽，瞬时将T台照射得光芒万丈。她迈上T台，缓步走向前，两旁是黑暗中的观众席，空无一人。她仿佛看到父亲伸开双臂，有万千的掌声和欢呼，父亲朗笑着，走向前，眼前是闪耀如星海般的闪光灯，父亲对着热烈的观众席深深鞠躬。

这是设计师最荣耀的时刻。

父亲对小女孩的她说，当一场秀结束，当设计师在模特们的簇拥下走上T台，伸出双臂，掌声和欢呼四起，对着激动兴奋的观众们深深鞠躬，这是身为设计师最荣耀的时刻。

场边的门被拉开。

华丽T台上，耀眼灯光下，叶婴怔怔站直身体，向门口处那道看不清轮廓的人影望去。很久很久之前，小女孩的她在父亲的时装秀结束后，偷跑到T台，学着父亲的模样，向空荡的观众席鞠躬致意。等焦急的父亲终于找到她，却只是笑着摸摸她的头，牵住她的手带她一起去参加盛大的庆祝酒会。

人影越走越近。

T台上，她看到那人笑得彬彬有礼，一双桃花眼却明媚得好像春水秋月。

寂静的公路上。

路灯明亮。

一辆双座迈巴赫跑车呼啸而来，车身是极其娇艳欲滴的桃红色，车速如光如电。方向盘也是桃红色的真皮，在一双男人双手的掌握中，仿若媚眼如丝的美人。

"怎么样，女神？我的新车漂亮吧？"

扬起下巴，孔衍庭的笑容骄傲得意。

"嗯，"叶婴淡淡点头，"幸好安全带还是黑色。"在桃红色的海洋中，连纸巾盒都是桃红。

孔衍庭扬声大笑，说：

"女神，你真没情趣。"

勾了勾唇角，叶婴望向车窗外。夜色已深，宽广的公路上车辆寥寥，孔衍庭兴奋地呼啸着超越每一辆车，速度快到令她有点心脏不适。

"刚拿到的车？"

"对！今天下午才拿到！这车果然不错，轻松就能上380迈！桃红色是为我专门定制的！很棒吧！"兴奋中的孔衍庭说，"怎么，有人告诉你吗？"

"猜的。"

就跟拿到新玩具的小孩子一样，完全不用猜。即使是在孔氏残酷的家族争斗中脱颖而出，孔衍庭有时依然流露出某种属于孩童的稚气，这令她羡慕，只有被宠爱的人才有资格孩子气。

"哈哈。"

似乎颇有深意地看了她一眼，孔衍庭笑着说：

"女神，彩排得如何？"

"还好。"

"能获胜吗？"

"也许吧。"

"至少能打败森明美吧？"

"……也许吧。"颠簸飞驰的车速令她昏昏欲睡。

"女神，拜托你认真一点，这次你可是代表我们寰宇参加，"一打方向盘，孔衍庭哀怨地说，"天知道，为了你，我是抗住了多大的压力，才没让我们自己的高级女装设计团队参赛。如果你不能拿到冠军，孔氏大把的人会扑上来吃掉我。所以，女神，就算为了我，也请你一定要加油再加油，好么？"

"孔少，"叶婴笑了笑，"孔氏原本扔给你的就是烂摊子，你们的高级时装团队除了安插各路亲戚，一点用也没有，如果参赛，那才是真的笑话，而你就是背黑锅的人。你既然相信我，让我为你出赛，就请一直相信我到底。"

"哦？"孔衍庭笑着睨她，"我怎么好像嗅到了阴谋的气息。"

"哪有什么阴谋，"叶婴懒懒望向车窗外，"堂堂正正的比赛，就堂堂正正地赢，这样才能让所有人心服口服。"

夜色空阔的公路上，一辆林宝坚尼自后面咆哮追来。

"轰——"一声！

超过桃红色的迈巴赫的瞬间，林宝坚尼内的两个人影如流光闪过，然后消失在道路前方，渐渐变成黑点。

"cao！"

孔衍庭低咒一声，猛地加速却已经来不及了，气得彪出一串粗话。叶婴将头后靠，闭上眼睛，窗外道路旁的树木在夜色中如同剪影，疲倦涌上来，不知不觉她的呼吸渐沉。

※　　　※　　　※

深夜的谢氏集团大厦。

二十六层办公室。

摞得如小山高的文件已经基本处理完毕，咖啡也已经放

202

凉，轮椅中的越瑄翻看谢浦刚才拿过来的一份文件，里面的几组数据使得他眉心蹙起，沉声问：

"41%？"

"是的，"谢浦回答，"而且大少还在继续跟其他持股人接触，今天中午大少约了华盛基金的周董吃饭。"

"……知道了。"

揉揉眉心，越瑄面色苍白。

这是他出院的第一天。虽然医生极力劝阻，谢华菱也坚决不同意，但集团最近危急的形势使他必须出来主持大局。自从越兆辉去世，谢老太爷年迈将公司放权，越璨暗中从未放弃过对集团控制权的争夺。他很清楚，一旦越璨掌握董事会，等待母亲和他的结局将是什么。

所以，当越璨提出那个交易。

他同意了。

那晚雷雨滂沱的玻璃花房，刺目的闪电，喧嚣的轰雷，那丛野性妖艳的绯红蔷薇后，即使隔着那么远的距离，她的目光中的惊骇与失望，投落在他的侧背，比深夜中的大雨更加令他周身寒冷。

她听到了多少。

她是否已清楚他曾经都做过些什么。

当他僵硬地控制着轮椅从那丛绯红色蔷薇花旁经过，雷电交加的雨声中，她颤栗地向后退了一步，如同发觉他是有毒的东西，即使她手中正拿着为他遮雨避寒的雨伞和外套。

"咳、咳。"

胸腔中像是被冰冷的空气塞满，越瑄掩住唇畔，勉力压下汹涌的咳意，面色白得如湿透的栀子花瓣。办公室的落地窗外是深深的夜色，一轮明月挂在天际，他长时间沉默着，直到谢浦又接了个电话后，低声向他汇报。

※　　※　　※

叶婴醒来时，发现自己依旧在那辆桃红色的迈巴赫里。满眼的桃红让她微一恍惚，很久很久以前，她的父亲也爱把她的房间布置得好像粉红色小公主的梦幻世界。其实她并没有那么喜欢粉红，却从来没让父亲知道。

车窗外有一轮明亮的月亮。

她以为自己睡了很久，但仪表盘上的时间告诉她，她只睡了大约20分钟。

"醒了？"

身边的车门被打开，孔衍庭探身进来，看到她已醒来，颇有遗憾地说："还以为上天终于眷顾我，能给我一个将女神公主抱的机会呢。"

"谢了。"

叶婴一笑，一双长腿踏出车门。

深夜时分的空气清冽新鲜。

面前是一栋灯火辉煌的公寓楼，孔衍庭和她一同走入。电梯行到18层，"叮咚"一声，电梯门打开，宽阔的门厅处，大型的落地插花，白色和紫色的花朵，带着新鲜的露珠，美丽芬芳。

落地窗外是壮观的江景。

点点星光，点点灯光，隔江对岸是另一片高层社区，她曾经与那个看似纯净如栀子花的男人在那里度过短暂美好的时光。再远一点，隐约可以望见谢氏集团的大厦，偶尔几间办公室，透出星星般的灯光。

"刷——"

孔衍庭拿起遥控器，电动窗帘缓缓拉上。

"女神，欢迎！"

孔衍庭已经提前把她的行李放进卧室，此刻扮作殷勤的主人，带她参观每个房间。

"这是厨房。"

时尚前卫，干净明亮，一应俱全。

"这是你的书房。"

宽大的写字台，真皮转椅，全新的电脑，书架上甚至还有模有样地放了一些时尚设计的书籍杂志。

"这是你的设计室。"

宽大的工作台，各种专业工具，一个开放式的柜子上分门别类堆放着衣料和各种配料。

"这是你的卧室。"

宽大舒适的床，崭新的床上用品，床头柜上摆着一只水晶花瓶，里面插满美丽的白玫瑰。

"这是你的卫生间。"

中央有一只浪漫的白色浴缸，飘着如梦如幻的白纱。

"还满意吗？"

一双桃花眼蕴满深情地望着她，孔衍庭说：

"这白纱是我亲手为你挂上去的。"

"嗯。"叶婴淡淡颔首，"只要请你再把这白纱摘掉，我就非常满意了。"整套公寓是地中海风格的蓝白两色，简洁清爽，她还是喜欢的。

"ok！只要女神能满意，让我做什么都毫无问题！"孔衍庭深情款款地说，"希望女神不要嫌弃这里简陋，可以一直住下去，"说着，他又打开一扇房门，"女神，这是我的房间。"

这是一间次卧套房。

里面的东西略有杂乱拥挤，似乎是刚从别的房间挪进来，还没完全收拾好，一些照片镜框放在地上。

"……"

叶婴挑了挑眉，看向他。

"女神，我把我所有的一切都奉献给你，只求女神施舍一片小小的房间给我栖身。"骑士效忠般单手捂胸，孔衍庭深情款款地说，"我发誓，等我们成功，我一定买一栋豪华庄园送给您，绝不会像今天这样委屈您跟我挤同一套公寓。"

关上卧室的门。

隐约可以听到孔衍庭在客厅里的脚步声，叶婴靠在门上，深深吸了一口气，再缓缓吐出。她所有的东西被放在床尾的地毯上，行李箱、背包、还有那个墨绿色的画夹，画夹上烙印着一朵银色的蔷薇花，在灯光下盈盈闪闪。

她将画夹反扣过去。

再一脚将它踢进床底。

冷冷望向窗外的那轮明月，她的心底也如同淌满冰凉的月色，眼神淡漠，久久不动。

谢越瑄。

谢越璨。

这个世界诺大无比。她并非必须在他们两人之间做出选择。她不想成为任何人的筹码，也不想再去判断究竟什么是虚情什么是假意。

※　　※　　※

亚洲高级时装大赛转眼即到。

作为初选赛的韩国分赛区、新加坡分赛区、马来西亚分赛区的比赛已经如火如荼地展开，纸媒、电视、网络铺天盖地涌来很多相关新闻和讯息。马拉西亚赛区的选手们表现平平，韩国赛区的一位新锐设计师颇为引人瞩目，其朋克风格的设计作品引发热议，远在米兰的著名设计大师布朗先生表达出赞赏之意。

日本分赛区的比赛将在最后一天举行。

而中国分赛区的竞争，将在今晚正式拉开帷幕！

参赛的两大热门时装设计师，森明美和叶婴，两人皆是美女设计师，又皆与谢氏集团的两位公子有错综复杂的情感纠葛，这次居然更是代表不同的公司参赛，弥漫着殊死绝杀的气息，早已被网络和各媒体炒作得人尽皆知，火热关注！

于是今晚八点开始的比赛不仅时尚圈万分瞩目，娱乐圈也是群情激动，记者们早早就蹲守在森明美和叶婴的住所外，发布24小时实时最新进展。网络上各大bbs论坛也纷纷跟帖讨论，留言火爆！

傍晚六点。

在众多记者的包围中，森明美走出居住的公寓大楼。记者们立刻冲上去，无数带着台标的话筒对向她，镜头中的森明美一袭嫩黄色裙装，衬得面容美丽娇嫩，气色非常好。

记者们蜂拥着提问：

"森小姐，您对今晚中国赛区的夺冠有把握吗？"

"森小姐，今晚您将携谁一起出场呢？是大少谢越璨，还是二少谢越瑄？"

"听说您和谢氏集团二少旧情复燃，有这回事吗？"

"请问您怎么评价同属谢氏集团的设计师叶婴小姐？"

"森小姐，您的父亲……"

打开红色法拉利的车门，森明美优雅地坐进驾驶位，半降下车窗，在摄像机镜头前，她含笑回答那些记者们：

"今晚夺冠，我很有信心！"

说完，红色法拉利潇洒地扬长而去，记者们惊叹着，半晌忽然有记者醒悟般地望着那绝尘而去的车影喊：

"啊，这辆车，好像曾经是谢家大少的爱车啊！"

而蹲守在谢宅门口的记者们，等到了谢华菱出门，等到了大少出门，甚至看到了鲜少露面的二少，但一直等到暮色低垂，也没见到另一个中国赛区夺冠热选叶婴。

临江公寓楼下。

风骚夺目的桃红色迈巴赫里，缓缓降下车窗，孔衍庭笑得面如春风桃花，他朝刚刚自公寓门厅走出的叶婴吹声口哨：

"嗨，女神，等你好久了哦！"

手里拎着一个大大的背包，叶婴淡淡一笑，今天一天没见到孔衍庭的踪影，她还以为自己要打出租车过去。走到桃红迈巴赫车旁，她正要伸手拉开车门——

"嘀——"

随着鸣笛声，一辆黑色宾利缓缓驶来，越过桃红迈巴赫，恰恰停在迈巴赫的车前。

"cao！"

孔衍庭气得骂一声，那晚被林宝坚尼超车已经够憋火，现在居然宾利也来欺负他。推开车门，孔衍庭从里面迈出来，恼怒地猛敲那辆黑色宾利的车窗玻璃！

叶婴漠然看着那辆熟悉的黑色宾利。

除了握紧背包的手指，她的脸上没有任何表情。

暮色中，黑色宾利的车门打开。

一双被黑色西裤完美包裹的男人修长双腿。

夕阳如血。

男人高大英挺，他的五官轮廓深刻鲜明，有种浓墨重彩的美，艳丽得近乎嚣张。他目光暗烈，凝望向路边的叶婴，叶婴依旧漠然，她一转身，伸手拉开桃红迈巴赫的车门，坐了进去。

车内，她蓦然闭紧眼睛，手指绞紧背包的带子。

"谢大少……"

孔衍庭戏谑的声音断断续续传进来，她没有听，也懒得听。等心情平复下来，她发现孔衍庭似乎与越璨达成了什么交易，竟然开着那辆黑色宾利先离开了。

血色的夕阳下。

桃红色车门被打开，身旁的驾驶位一陷，男人身上弥漫着淡淡烟草味，充斥在叶婴的呼吸间。

"失望吗？看到黑色宾利里走出来的是我，而不是越瑄。"嘲弄般地说，越璨点火，桃红色迈巴赫如离弦之箭飞驰出去！

叶婴沉默。

半晌，她笑一笑：

"是有点失望。"

暴雨玻璃花房那夜之后，她以为自己再没出现在越瑄面前，越瑄至少也会来问一下她，发生了什么。然而没有。除了最初的两天，谢平给她打过电话，让她到医院去看护越瑄。越瑄的反应，就好像她从未在他的世界存在过。

果然是有智慧的男人。

既然已经被拆穿，就不再做无意义的解释和挽回。

心中应该是释然，是轻松，是无所谓，然而不得不承认，还有一股涩意，挥不去、咽不掉，空落落的。

看到她脸上的神情，越璨眼底一黯。

他深吸口气。

车速放缓下来，在他的掌控中，桃红迈巴赫开得舒适平缓。过了一会儿，车内响起他低哑的声音：

"我以为，知道了一切之后，你会远离他，会原谅我。"

叶婴笑一笑：

"是，我会远离他，会原谅你。"

双手一紧，越璨震撼地扭头看她，迈巴赫顿时在道路上漂移，"嘀——！"，对面而来的车辆尖叫着躲闪！

稳住车身，越璨苦涩地望向前方路况，说：

"你骗我。"

"所以，又有什么意义呢？"叶婴还是一笑，"我说的话，你不相信。你说的话，我也不相信。越瑄演技高深，你又何尝不是顶尖影帝的水准。"

"……我从没骗过你。"

"是吗，"叶婴笑着说，"那你前天晚上去接森明美回家，跟她说了些什么？又给了她些什么？"

越璨僵住。

他难以置信地哑声说：

"你……"

她笑容淡然：

"大少，我总不能一直做傻瓜。你站在森明美一边，还是站在我一边，那是你的自由。我的事情，你想插手，还是不想插手，哪怕被你弄得我所有心血白费，那也是你的自由，是我自己实力不济。"

心脏如同被冰冻。

一寸寸蔓延结上冰霜。

在她淡然无所谓的笑容中，越璨竟痛得再也无法出声。他心神恍惚地开着车，不知过了多久，直到她喊了几声，才发现已经距离比赛的国展馆不远，被交换的黑色宾利正停在前面几米处的路边，孔衍庭倚着车身朝这里挥手。

"让我下车。"

解开安全带，叶婴笑容里带上嘲弄：

"否则记者更要关注咱们四人之间的爱恨情仇，没空关心今晚的比赛了。"

沉默地将桃红迈巴赫在路边停稳，越璨伸臂为她打开车门。拎起背包，叶婴已经探出半个身子，想了想，又坐回来，似笑非笑地瞅向他，说：

"如果想让我真的相信你，就用你的行动来表示。"

越璨看着她。

"我告诉过你的。"她笑容妩媚地凑过来，在他的脸颊蜻蜓点水地啄了一下，然后下车，甩上车门，头也不回地向孔衍庭走过去。

※　　　※　　　※

作为亚洲高级时装大赛中国赛区的场馆，国展馆今晚格外华丽辉煌，众多的记者们簇拥在入口处，满目皆是摄像机、照相机、话筒的海洋，各家新闻转播车和来宾的无数名车更是挤满停车场。

今晚一共有十位国内的新锐设计师参赛。

跟以往的时装发布会不同。一般时装周是由设计师们自己决定时间，在一周的时间内选择各自喜欢的地点举行。而今晚，因为有比赛的性质，所以全部集中在一起进行时装设计作品的发布，并且每位设计师只发布一组共十套高级时装。

十位新锐设计师的作品全部展示完毕后，由大赛组委会邀请的十位国际知名设计师评判出哪位最有资格代表中国赛区，参加接下来的全亚洲的比赛。

因此，今晚的时装发布还没开始，便已经弥漫出浓浓的硝烟味。

傍晚六点钟左右，参赛的新锐设计师们开始陆续到场，有的设计师盛装出席，排场很大，有的设计师则T恤仔裤穿得很随便，有的设计师很谦逊，说自己只是来学习，有的设计师很自信，声称自己有信心打败获胜热门森明美和叶婴。

快到晚上七点，叶婴出现了。

连绵如光海的闪光灯中，叶婴拎一只巨大的背包，穿一件白色的丝质衬衣，一条黑色长裤，黑色长发在脑后束成如丝如缎的马尾。她姿态从容，笑容很淡，妆容也很淡，幽黑的双瞳犹如最漆黑的深夜，再加上淡色的双唇，整个人优雅、冷峻、有种颇有距离的专业感。

与她并肩而来的是孔氏集团的小公子孔衍庭。

孔衍庭穿着一身华丽的烙有花纹的礼服西装，他边走边对包围而来的记者们挥手，一双桃花眼笑得如春风流淌。

记者们激动地纷纷发问：

"叶小姐，您今晚要发布的设计作品是什么主题？"

"叶小姐，为什么陪您一同出席的是孔衍庭，而不是您的未婚夫谢越瑄？"

"叶小姐，您认为您和森明美之间谁胜出的几率更大？"

"叶小姐……"

面前无数话筒，每个话筒上都有各种五颜六色的台标，在亮如白昼的摄像灯光下，叶婴淡然一笑，边走边回答记者们说：

"今晚，我要发布的设计作品的主题是……"

"哗————！！！"

突然，有记者一转头，惊呼出声，更多的记者们循声望去，震撼惊呆之情溢于言表！几乎没有记者再留意叶婴正在说什么，大部分记者已经朝那里冲去，只有少数几个记者还留在叶婴周围，面色古怪地向她投去同情的目光。

挑了挑眉。

叶婴慢慢转身，也看向那突然间犹如巨星来临的阵仗。

果然。

那是比巨星还要巨星的出场。

仿佛是掐好了时间，比叶婴稍晚几步入场的，是一袭鲜红色曳地长裙的森明美！炫目的灯光中，森明美盛妆而来，白嫩的肌肤在鲜红色长裙的映衬下，美得娇艳欲滴，她笑容灿烂明媚，仿佛正热恋中的女人。

但记者们蜂拥过来。

并不仅仅是因为森明美本人。

更是因为此刻陪同森明美出席的那两个男人！

森明美的左手边——

高大挺岳的男人，五官浓丽，气质狂野不羁，正是目前谢氏集团的实际掌舵人、经常出现在财经类新闻里的谢氏集团大公子，谢越璨。

森明美的右手边——

一辆电动轮椅，轮椅里是一位清峻的男子，膝上盖着一条格纹毛毯。他的面容略有苍白，但异常清丽，如同星光下开满白色蔷薇花的古老城堡中避世而居的贵族。有记者并不认得这位男子是谁，旁边的记者低声告知，于是惊呼声四起！

谢氏集团的二公子。

谢越瑄！

神秘而低调的谢二公子，从不在媒体前露面的谢二公子，居然因为森明美今晚的参赛，而主动现身为她加油打气！

"森小姐，今晚有谢氏两位公子一同陪您出场，真是盛况空前，请问到底谁是您的真命天子呢？"

"森小姐，您有什么话想对叶婴小姐说吗？"

"森小姐……"

"森小姐……"

"森小姐……"

真是比狗血还狗血的场面！

现场的记者们群情激动！

森明美曾经与谢氏的嫡系公子谢二公子订婚，后又在谢二公子车祸重伤瘫痪时，与他解除婚约，同谢大公子相恋，这是人尽皆知的事情。而谢二公子最落魄时，名不见经传的叶婴横空出世，成为谢二公子的新任未婚妻，抢足了森明美的风头。

但现在。

在前任、现任未婚妻激烈角逐的今晚，谢二公子却选择陪同在前未婚妻森明美身边！难道真的旧情复燃了吗？还是说，叶婴一直不过是谢二公子的备胎，谢二公子的真爱始终是森明美。

而森明美的现任男友谢大公子谢越璨也同时出现，这是争风吃醋，要展开双雄夺美的剧情吗？！

一边是森明美满脸的灿烂笑容，她左手挽着帅气的谢大公子，右手陪着清峻的谢二公子，仿佛娇贵公主般被男人们宠爱着，甜蜜矜持，被记者们热烈包围。

而另一边是被记者们冷落的叶婴。

现场组委会的工作人员不禁对叶婴生出几分同情，走过去，轻声说："叶小姐，请跟我来。"

即使她的视线望过去，轮椅中的越瑄也从始至终没有看过她一眼，叶婴自嘲地笑了笑，将指间的黑色钻石扭过去，掌心一阵刺痛！

"叶小姐，您的未婚夫谢二公子选择陪伴森明美小姐，为森明美小姐加油打气，您有什么感想？会影响今晚你的比赛吗？"一位记者匆匆追过来，话筒对准叶婴。

孔衍庭哈哈一笑。

他伸臂搂住叶婴的肩膀，笑眯眯地对记者说："我的感想是，谢天谢地！我终于可以追求我挚爱的女神叶婴小姐了！"

被媒体记者们狂热包围的中心，森明美眼角余光扫到风流倜傥的孔衍庭拥着叶婴随工作人员离开，心里冷哼了一声。不过，跟她身边的越璨和越瑄比起来，那孔衍庭完全不够看。

麻雀就是麻雀。

自不量力。

自取灭亡。

今晚，她就要让叶婴彻底无法翻身！

Chapter 11

几乎完全一模一样的参赛时装，这是赤裸裸的抄袭！
是毫不掩饰的抄袭！

大赛的后台热闹而忙碌。

出场的顺序已经事先由抽签决定了，不知是否有特殊的安排，比赛的两大热门设计师，森明美与叶婴，恰好排在出场的第九位与第十位。现在晚上七点，距离比赛开始还有一个小时，叶婴踏进后台，看到一排排的移动衣架上挂满了时装，前面几位设计师的模特们已经梳化完毕，一个个美丽婀娜，聚在一起嘈嘈杂杂忙碌地试穿衣服。

"小心！"

有人匆匆忙忙推着移动衣架！

"请让一让！"

有人抱着一顶顶的帽子喊！

到处是人。

叶婴从混乱的人缝之间穿过去。

地上几只巨大的纸箱子，乔治已经把里面的时装逐一拿出来挂好、熨烫，扭头见她过来，他扬手吹声口哨打招呼，用手里的蒸汽熨斗继续熨平一套色彩艳丽时装的细褶。

"叶小姐！叶小姐！"

拿着手机，翠西一眼看到她，立刻满头是汗地冲过来：

"司机说，车在半路突然坏了！模特们现在还没过来！怎么办？怎么办？！"

"车坏了？"

孔衍庭难以置信。

比赛快要开始，模特们却无法赶到，这是开玩笑吗？

"不是让她们提前两个小时到吗？怎么现在才出发？"挑了挑眉，叶婴问翠西。上次彩排的时候，梳化方案已经订好，此刻几位发型师和化妆师都到了，正百无聊赖地各自玩手机。

"是啊！"翠西急得快哭了，"都已经约好了时间，模特公司下午突然说要带她们去拍个平面，我怎么说都不行！模特公司说一定不会耽误今晚的比赛，谁知道居然会这样！"

"为什么不通知我？"叶婴挑眉问。

"……我，"翠西哭着说，"……我以为耽误不了，模特公司的经理一直拜托我，赌咒发誓绝对耽误不了的……他们怕你知道了会不开心，所以拜托我不要告诉你……叶小姐，都是我的错！对不起……对不起……"

"车现在哪里？你派车过去接了吗？"

"……我刚才才知道，"翠西哭得身体开始颤抖，"……车是坏在郊区，她们打不到车，就算我们现在马上派车过去接，也来不及了啊！怎么办，叶小姐……"

叶婴冷冷看着她，说：

"是啊，你说怎么办。"

"……叶小姐！"

翠西哭得满脸泪水，她整个人摇摇晃晃，脸色惨白。她知道，每套时装都是根据每个模特的不同身材进行了最后的修改，如果模特们不能及时赶到，即使能临时换一批模特，衣服也来不及调整，会影响整体效果。更别说临时找来的模特没有进行过彩排，对音乐、节奏、灯光的整个流程都十分陌生。

她是罪人！

她毁掉了叶小姐今晚的比赛！

※　　　※　　　※

谢氏集团是本次亚洲高级时装大赛主要的资助方之一，组委会专门预留了单独的VIP休息室。越璨推着轮椅中的越瑄进入休息室时，两人的特助谢沣和谢浦已经等候在内，一个站在角落，一个站在窗边，室内的气氛凝滞而古怪。

森明美的手机震动了一下。

是一条短信，她看完后，脸上露出甜美的微笑，亲昵地对越璨说："璨，我要过去准备了。"然后她又蹲下来，担忧地对越瑄说，"瑄，你的身体还没恢复，今晚一定不要累到了，否则我会……否则我不知该怎么向伯母交代。"

森明美依依不舍地走向门口。

直到越璨似笑非笑地向她保证，他会照顾好越瑄，她才娇嗔地哼了他一声，关门离开。笑容渐收，森明美又拿出手机，再翻阅了一遍那条蔡娜发来的短信，"宝贝，搞定了！"

里面附有一张照片。

暮色中，一辆大巴停在偏僻的郊外，模特们满脸焦急，有人着急地打电话，有人站在路边试图挥手招车，模特们脸上都带着半残的妆，却并不是彩排时叶婴为她们敲定的妆容。

繁忙的后台准备区。

灯光明亮，嘈杂拥挤，人来人往，各种各样的声浪，每个人都忙着自己手头的事情。前两位将要出场的设计师已经基本准备完毕，他们惊奇地发现，获胜热门设计师叶婴的准备场地里直到现在还一个模特也没有！

　　"叶，你的模特呢？"

　　忙里偷闲，出场顺序是第二位的设计师雷克走过来，关心地问正一脸冰霜的叶婴。私下里，他颇为欣赏叶婴，尤其觉得叶婴的"拥抱"系列简直是才华横溢的天才设计。

　　"……"

　　不安地看向雷克，翠西满脸泪痕，嘴唇颤抖。耸耸肩膀，孔衍庭颇为无奈地说：

　　"模特没来。"

　　雷克震惊极了：

　　"模特没来？！"

　　他的声音引得周围的几个设计师也围过来，惊奇地询问这不可思议的场面。临场没有模特，这对于一场时装秀意味着什么是一清二楚的，更何况今晚是比赛，每个设计师都错愕极了。

　　"什么？怎么会有这种事情！"

　　一个温婉甜美的女声响起，声音里有诧异，还有几丝怀疑。众设计师都颇为熟悉这个声音，看过去，果然是森明美。似乎刚才已经听到了叶婴这里发生了什么，她盯着叶婴，表情惊讶地说：

　　"没有模特，那你怎么比赛呢？"

　　是啊，那叶婴今晚怎么比赛呢？众设计师心情不一，有人低声议论，有人开始安慰叶婴。

　　"等我的模特们走完秀，就让她们再帮你走，"想了想，雷克热心地对叶婴说，"时间赶一赶，也许来得及！"

森明美扫了雷克一眼：

"雷克，你真是好心肠，可你的模特们未必能穿上她设计的衣服。"

说着，她又遗憾地对叶婴说：

"你怎么会犯这种低级的错误呢？如果不想参加比赛，你可以直说，有很多设计师想要得到这个机会。今晚的比赛我盼了很久，我可不希望，因为你临时出的'意外'而使得胜出者的荣誉被打折扣。"

"雷克，多谢。"

没有理会森明美，叶婴对雷克说，然后望向突然有声浪涌来的后台入口，淡淡说：

"不过没关系，我的另一批模特们已经来了。"

一群莺莺燕燕的模特们热闹地踏进后台，她们一个个身形修长，头发和妆容也已经是完成的。她们的目光逡巡着，看到手持熨斗的乔治，立刻挥着手兴高采烈地赶过来！

翠西呆住。

结结巴巴，她不解地看向这些如同从天而降的模特们，又看向叶婴："她们……她们是……"

"叶小姐准备了两批模特，"自高转椅上回身，乔治嘻嘻笑着说，"彩排也进行了两次。叶小姐说，看哪批模特的状态好，今晚的比赛就用哪批。这两批模特的身材也都基本一样，所以谁穿都行。"

身体僵住，森明美狠狠咬紧嘴唇！

"……我不知道……"

翠西呆滞。

"你是不知道，"让叽叽喳喳的模特们立刻去换衣服，乔治说，"有一天你请假了没来，叶小姐让我负责她们，彩排也是我一个人去的。"

"……你也不告诉我一声，"翠西尴尬地说，看了眼森明美冷然离去的身影，又看向已开始与造型师们交流的叶婴，"……那我刚才就不用那么着急了。"

"哈哈，"乔治斜睨她说，"吓一吓你，下次你才不敢再在这么关键时刻掉链子。"

见模特的事情已经解决，孔衍庭跟叶婴耳语几句，先离开了。而雷克和其他几位设计师的注意力被叶婴的模特们正在穿的衣服吸引了过去！

"这是……"

看到模特们将那些衣服穿在身上，雷克有点难以相信自己，他看了看，又看了看，忍不住走得更近些去看，从其中一个移动衣架上取下一件。

那、那是一套裤装。

不。

那不仅仅是一套裤装。如果是裤装，虽然在高级时装里不是很常见，但也没有到令人惊奇的地步。

这是一套连衣的裤装！

不，这一整个系列全都是连衣的裤装！

雷克和其他几位设计师又惊又奇。连衣裤是已有的服装样式，多用于童装，或者用于保护身体的工作装，而竟然，叶婴

222

将它拿来作为本次亚洲高级女装大赛的参赛系列吗？

　　但更让他们惊奇的是——

　　虽然模特们还没有完全将它们穿好……

　　"天哪……"

　　"叶小姐……"

　　雷克与几位设计师们震撼得无法言语。

　　忙碌嘈杂的后台。

　　新赶到的模特们陆续穿好叶婴的参赛系列时装。感受到这里异常的气息和氛围，周围的人们也纷纷将视线投过来——

　　咝……

　　与震撼石化的设计师们一样，后台准备区几乎所有的人，无论是发型师、化妆师、组委会的工作人员、还是其他的模特们，全都如傻住了一般。

　　将模特背后的拉链轻快地拉上，乔治得意地扫视这些看呆住的人们，他一直觉得自己第一次看到叶小姐设计图稿时目瞪口呆的表情蠢极了，现在看到他们的表情，顿时得到了某种心理平衡。不是他们蠢，而是叶小姐简直是来自星星的非人类！

　　突然寂静下来的诡异。

　　同样正在后台做准备工作的森明美抬起头，隔着五六米的距离，在突然寂静的灯光明亮中，从混乱交错的人缝间，她看到了叶婴。从一个巨大的背包中，叶婴拿出一条光芒璀璨的项链，戴在一位短发模特的颈间，她仿佛对周围的反应毫无察觉，又或者毫不在意。

　　森明美心中冷哼。

　　她不相信叶婴是真的对那些设计师眼中的震撼与崇拜毫不

在乎。只不过是会装而已，故作高傲冷漠，以为摆出一副神秘淡定的模样就能够收获更多的追捧。

放心，叶婴，我会让你装不下去的。

抿紧嘴唇。

森明美目光森然。

不知是否心灵感应，叶婴将模特颈间的项链整理完毕，回眸淡淡看了眼距离着纷乱人影的森明美。美丽的双眸幽深如黑潭，闪着寒意，闪着嘲弄，淡淡轻蔑地看了眼森明美。

森明美顿时全身的毛都炸开了！

"叶小姐！"

雷克从震撼中晃过神，激动地对叶婴说：

"这是你今晚参赛的作品吗？简直难以置信！你居然可以将连衣裤的设计进行如此改造！这将是今晚最震动人心的展出！"

"哦！真是大胆的想象！有勇气的革新！"

"灵感来自于什么？"

"多么有想象力的设计啊，叶小姐，我衷心地钦佩你！"

虽然心情有些复杂，但看到如此精彩的设计，其他设计师们也忍不住激动赞叹！

那边，看到叶婴被热情的众参赛设计师们包围着赞美，森明美咬紧牙关，她看了下腕表，晚上7点35分。

廖修和琼安应该来了。

有些坐立不安，森明美的目光投向后台入口。一会儿，似乎听到门开的声音，然后，是一排排移动衣架的辘轳声，辘轳声先是几乎被淹没在后台喧嚣的声浪里，渐渐的，有几声诧异的抽气，一排排的移动衣架从人群中穿过，廖修和琼安一前一后护着那些被熨烫得光彩夺目的衣服们，而周围的抽气声越来越大！

"oh！My god！"

模特瞪大眼睛！

"这怎么可能！"

设计师惊得捂住胸口！

在拥挤的后台，推着一排排移动衣架，看到经过的每个人皆是一副震惊莫名的表情，廖修和琼安互视一眼，非常错愕。两人知道森明美今晚的参赛作品十分精彩，一亮相必定会引起众人的惊叹。可现在，大家的表情并不是惊叹。

而是——

跟见了鬼似的！

"Shit！"

瞪着那一排排正在走进的移动衣架，乔治的眼珠子都快掉出来了！上帝啊，是疯了吗？！他怎么看到，廖修和琼安正在推过来的那些移动衣架上，挂着的那些衣服，跟他身边的这些衣服——

几乎——

一！

模！

一！

样！

同样是连衣裤！

一套套简直完全相同的剪裁！

甚至连色彩都如出一辙！

咒骂一声，乔治飞冲过来，难以置信地一套套翻看森明美拿来参赛的这个系列，越看，他的脸色越来越难看，忍不住大骂：

"Shit！这是抄袭！"

这时廖修和琼安也看到了已经穿在模特身上的叶婴参赛作品，两人也是脸色大变！

不！

绝不可能！

绝不可能两个设计师会同时拿出几乎完全一模一样的设计，相似度高达90%以上，这绝不是灵感撞车可以解释的！

抄袭。

这两个大字如同明晃晃地悬浮在亮如白昼的后台上空！

空气瞬间凝固。

在最初的震惊和诧异之后，现场突然静得鸦雀无声。在场所有的设计师、助理、模特，甚至包括化妆师、造型师、工作人员和每一个打杂路过的人，都已经嗅觉敏锐地明白过来——

抄袭！

在亚洲高级时装大赛，在最为热门的两个新锐设计师森明美和叶婴之间，居然出现了，赤裸裸的、肆无忌惮的、毫不掩饰的抄袭行为！偌大的后台此时静得诡异，静得压抑，静得仿佛一根发丝的掉落都会点燃一场大战！每个人都惊疑不定地将目光投向看起来似乎同样震惊的森明美与叶婴。

※　　※　　※

长长的T台。

华丽璀璨的灯光。

盛装华服的来宾们陆续入座。

今晚的中国区亚洲高级时装大赛有足足十几位当红的女明星前来捧场，每位女明星都挖空心思，努力展现自己的前卫时髦。

而其中潘婷婷的装束最为引人注目。

她穿着甜美的黑白波点短裙，上身搭配西服外套，留着中长的爆炸头，戴一顶蓝色时尚潮帽，整个人看起来时髦靓丽，她坐在第一排的前方，令其他女明星们黯然失色。

"婷婷，你今晚好出色。"

身旁的一位女明星颇为大度地赞美她，潘婷婷也娇笑着赞美回去。自从上次劳伦斯颁奖礼之后，她将几乎所有重要场合的时装造型都交给叶婴工作室，叶婴工作室也每次都没有令她失望，使她完全改头换面，一跃成为穿衣最有品味的女星之一，手头接到的广告和代言如潮水涌来。

"哦！"

眼尖地突然看到一个熟悉的高大身影，潘婷婷低呼一声，顾不得跟身边的女星寒暄，起身踩着高跟鞋"蹬蹬蹬"几步赶过去。熙攘交错的人影中，越璨一身墨色丝绒礼服，身型巍峨如山岳，他正看向手机，神色中有抹近乎残酷的冷漠。

"大少！"

挽住越璨的胳膊，面对媒体记者们瞬间纷纷举起对准她拍照的无数相机，潘婷婷一边娇笑着摆出一个个pose，一边亲热地对收起手机的越璨说：

"好久没见你了呢！今晚的比赛谢氏是最大的赞助方，我猜你就会出席，果然没错呢！要不是因为你，我才不来呢！你的位置在哪里？我跟你坐一起，好不好呢？"

　　说着，潘婷婷拉住他，堂而皇之地坐在第一排正中间他的位置旁边，完全不顾那里放着"谢越瑄"的名字。在媒体记者们继续狂拍的闪光灯中，越璨敷衍着叽喳不停的潘婷婷，忽然感觉一道阴森的视线从对面观众席投来。

　　对面第三排。

　　偏僻的阴影位置。

　　眉宇间带着阴森的狠戾，一身黑色皮衣的蔡娜正阴狠狠地瞪向他，目光里有着说不尽的恶意。而越璨的视线刚投过去，蔡娜已如暗影般消失在黑暗处。

　　满场灯光暗下。

　　只余一排排射灯打向长长的T台。

　　"评委们来了！"

　　潘婷婷拉紧越璨低呼。

　　在主持人隆重的介绍中，今晚大赛的十位评委走上T台，接受满场来宾的欢呼和掌声。刚刚结束在马来西亚赛区的评审工作，十位评委神采奕奕，进行了简短的发言后，便一字排开入座在潘婷婷的身旁。潘婷婷顿时觉得荣耀翻倍，坐姿更加婀娜，媚眼看向越璨，他的位置果然是最好的！

　　　　　　※　　　※　　　※

　　前面阵阵的声浪传入后台。

　　"再有十分钟，第一位设计师准备进场！"

　　手拿流程表，有工作人员匆匆跑进后台通知说，一抬头，看到里面的情景，他大吃一惊！原本热闹喧嚣繁忙拥挤的后台，此刻却如同被冻凝了一般，在场所有的人全都表情诡异地望向同一个地方——

定格般的静止中。

黑瞳如潭，叶婴的目光淡淡扫过廖修身前的那排移动衣架，扫过挂在那上面一件件跟她的设计如出一辙的高级女装，然后她挑了挑眉毛，看向隔着人群几米处的森明美。

森明美却是脸色大变。

她娇躯颤抖，难以置信地站起身，死死盯着叶婴那些已经换好比赛时装的模特们，她摇摇欲坠地走过来，胸口剧烈起伏着！

人群为她闪出一条直通往叶婴的道路。

"你——"

面容雪白，森明美颤抖着手指叶婴，双目充满震惊和愤怒：

"——你居然抄袭我！你偷了我的设计稿，对不对？！"

周围人群"轰"地一声，低声议论起来。

"原来如此。"

在众人怀疑的目光中，叶婴恍然一笑：

"难怪，原本你是最后一个压轴出场，后来却一定要跟我换，一定要比我先出场。森明美，是你抄袭我的设计。你不要以为恶人先告状，比我先走秀，就可以颠倒是非，混淆视听！"

"你——"

森明美气得双目含泪，身体颤抖：

"叶婴，你欺人太甚！你偷了我的设计稿，抄袭我的设计，现在又想倒打一耙！你做了那么多卑鄙无耻的事情，为了谢氏，为了瑄，我一直隐忍！可你越来越变本加厉，越来越肆无忌惮！今晚这么重要的比赛，你居然就敢堂而皇之地偷窃我、抄袭我！你真的以为我软弱到可以任你随意欺负吗？！"

这番话蕴含深意。

众人窃窃私语，投向叶婴的视线更多了几分审视。

"森小姐，这、这也许是误会……"

苍白着脸，翠西惊慌失措地挡在叶婴面前：

"……我相信叶小姐不会做出抄袭的事情，应该只是巧合……"

廖修摇头，沉声说：

"不，这不可能是巧合。"

几乎完全一模一样的参赛时装，这是赤裸裸的抄袭！是毫不掩饰的抄袭！是性质非常恶劣的抄袭！

"还不知道是谁抄袭谁呢。"从刚才的愤怒中冷静下来，乔治抱臂而立，嚼着口香糖冷哼说，"叶小姐的设计一向才华横溢，倒是森小姐的设计嘛……"

"乔治！"琼安不悦，"请你说话慎重！"

"乔治……"

翠西慌张地扯住还想继续的乔治，急得眼泪都快下来，她慌张地又望向叶婴，却发现叶婴唇角竟依旧噙着一抹淡笑。

"森明美。"

在后台亮如白昼的灯光下，在四周人群的注视中，叶婴淡淡笑着，毫不在意此刻森明美脸上的任何表情。漆黑的眼底有淡淡的怜悯之意，她探首过去，在森明美的耳畔，用极低的声音说——

"你现在后悔，还来得及。"

※　　※　　※

优雅的音乐。

迷离变幻的光线。

长长的T台上，走出一个个模特，她们身穿华装美服，摇曳生姿，华丽的美裙上或是缀满水钻、或是点缀宝石，在色彩瑰丽的射灯下美得如梦如幻。

阵阵热烈的掌声从两旁观众席响起！

第一排正中间，评委们认真地观赏着，不时做些记录，不时互相交流。十个评委们来自不同的地方，韩国、日本、新加坡，香港，台湾，还有组委会特意邀请的来自法国、意大利的时尚评审。

结束了韩国、新加坡、马来西亚分赛区的选拔后，他们对今晚中国赛区的比赛颇有期待。

前些年，随着经济实力和消费能力的大幅提高，中国的时装设计在世界范围内异军突起引人注目。尤其是设计师鬼才之称的莫昆大师横空出世，他创立个人品牌"JUNGLE"，设计风格狂野大胆，被国际时尚圈热烈推崇。在莫昆突然自杀身亡之后，他的助理设计师森洛朗继承了"JUNGLE"品牌，也在国际时尚圈继续占据一席之地。

而这两年，中国的时尚圈却比较沉寂，鲜少有设计师再拿出令人瞩目的作品系列。前阵子传出森罗朗去世的消息，更使得中国时尚圈失去一位重要人物。

所以，今晚的比赛，能不能够有才华横溢的新锐设计师脱颖而出呢？

随着音乐与掌声，前三位参赛设计师的作品已经展示完毕，每个系列都是美轮美奂、奢华如梦，各种水钻、羽毛、珍珠、宝石、蕾丝被毫不吝惜地大规模使用，在T台华丽的灯光下辉煌璀璨！

"啪！啪！"

同观众席的所有来宾一样，潘婷婷欣喜地鼓掌，近几年来，国内时尚圈的设计水平同法国、意大利的差距越来越近，新锐设计师们有的作品拿出去，甚至会被误认为是某些国际大师的设计。

只不过。

她希望能更好！

不仅仅是跟随国际时尚，而是能够超越时尚，创造时尚，使得她和其他的女星们可以更加从容自信地选择国内设计师的作品，能更加骄傲自信光彩照人出现在国际舞台上！

前三位设计师的作品虽然美丽，却达不到这种效果。不过，今晚潘婷婷是满怀期待的，排在第九和第十位最后出场的森明美和叶婴是被大家寄予了深切厚望的设计师。尤其叶婴，现在的潘婷婷真心佩服她，崇拜她，希望她能在今晚的比赛中取胜。

想到很快就会出场的森明美和叶婴，潘婷婷不由想起上次的劳伦斯颁奖礼之争。

"大少，这次你是希望森小姐取胜，还是叶小姐取胜呢？"

媚眼如丝地飘过去，潘婷婷却发现身旁的越璨并没有在看T台上模特们的走秀，也没有听她说话。观众席第一排的中间，迷离变幻的光线中，越璨神情肃凝，浓眉下一双深目定定投向媒体记者区。

那里仿佛有一阵骚动，很多记者甚至放下手中的相机，交头接耳低声传递某个消息，一个个记者脸上流露出震惊的表情。

"好像有什么大新闻。"

混合着烟草气息的男人味道沁人心脾，潘婷婷心中一荡，忘记了大少不喜欢被人亲近的忌讳，贴近他脸颊，凑趣地说。

没理她，越璨拧眉避开。

再望过去时，媒体记者区的记者们神情诡异而兴奋，有些已经抬着摄像机、拿着话筒匆匆往后台方向跑！手指在膝上握紧成拳，越璨下颌紧绷，仿佛强忍着某种情绪。

后台继续明亮而繁忙。

"怎么办？"

苍白着脸，翠西惊慌不知所措，两眼蓄满泪水。比赛已经正式开始，原本以为稳操胜券的参赛系列却被发现同森明美的设计撞车，哦，不，不是撞车，是被认为是"抄袭"！

"啊，有记者来了……"

翠西的声音更加颤抖，她看到闻风而来的记者们已经涌进后台的准备区，将森明美包围住。在记者们的包围中，森明美凛然而立，言辞似乎激烈，不时向这里投来蔑视和谴责的目光，记者们难掩神情中的错愕和激动，有几台摄像机的镜头开始对准叶婴。翠西急坏了，她拉住正在为模特进行配饰的叶婴，两眼含泪地低喊：

"叶小姐，叶小姐……"

手肘被扯住，叶婴蹙眉，示意模特换上另一双鞋，然后耐住性子问翠西：

"什么事？"

"……"，翠西呆怔地傻住，眼看叶婴快要不耐烦了，才猛吸一口气，颤抖地说，"森小姐说我们抄袭，怎、怎么办？你看，记者们也来了！今晚的比赛……"

叶婴挑了挑眉，问：

"今晚的比赛怎么？"

"……今晚的比赛，我们还要继续吗？"眼看着有几个记者采访完森明美，正向这边走过来，翠西死死拽住叶婴的胳膊，脸色苍白，眼神惊惶。

"你发烧了吗？！烧坏脑子了吗？！"

乔治也听到了，他一脸受不了地冲翠西吼：

"为什么不继续比赛？！又不是我们抄袭森明美！摆明了就是森明美抄袭我们的设计！如果有人退出，那也应该是森明美，而不是我们！"

"可……可是……"翠西绝望地说，"……没有人会相信我们的……"她身体颤抖，泪水淌下，"……叶小姐没有任何根基，大家都只会认定是叶小姐抄袭……如果现在我们退出比赛，再跟森小姐好好说一说，也许会没事的……否则……否则……"

"你真是疯了！"

乔治气得爆出一串粗话！

"翠西，"将翠西颤抖痉挛的手指从自己的胳膊拉下去，叶婴淡淡地说，"你觉得我抄袭了，是吗？"

"……"

呆怔着流泪，半晌，翠西才恍惚地摇头：

"不……可是……只是……"

"很好。"叶婴正色对她说，"翠西，如果你认为我确实抄袭了森明美，你现在就可以去告诉那些记者。如果你没那么觉得，要么，请过来一起帮忙，要么，请到旁边去惊慌害怕，只是——"

叶婴的眼神转冷。

"——请不要干扰我的比赛。"

人来人往，繁忙喧嚣，翠西呆怔地坐在一个角落，一个个人影在她面前来来往往。一段段音乐，一阵阵掌声，从前台传来。渐渐的，后台的设计师越来越少，模特们越来越少。

灯光明亮而刺眼。

翠西呆呆望着那边忙碌的叶婴和乔治。叶小姐正在对等待出场的模特们交代着什么，她还是那么镇定冷静，仿佛无论发生什么事情，仿佛即使天塌下来，都可以淡然地面对。刚才，当记者们采访完凛然被侵犯的森小姐，前来询问叶小姐时，叶小姐也笑容冷静，说，先专心准备比赛，随后她会统一回答这些问题。

叶小姐……

可是，叶小姐不明白那究竟会有多可怕。双手冰凉，翠西苍白着脸，一阵阵颤抖。她喜欢叶小姐，崇拜叶小姐，她深知叶小姐的才华，她深知叶小姐是无比骄傲的。可是，很多时候，真相并不重要。

后台渐渐变得空荡。

翠西呆呆望去，看到森明美已经换好一袭华丽的单肩橘红色长裙，裙型紧裹，酥胸半露，凸显出身体曼妙的曲线，长长的鱼尾状裙摆拖曳在地上，她的颈间一条光芒璀璨的钻石项链，流光溢彩，美丽耀眼，整个人如同矜贵的公主。

森明美的模特们陆续从翠西身前经过。

一个个身穿——

同叶婴的参赛作品几乎完全一样的连衣裤。

从款式。

到色彩。

到出场顺序的编排。

几乎完全，一模一样。

翠西脸色惨白，连呼吸的力气都失去了，她僵坐在那里，眼睁睁看着森明美高昂着头，带着她的模特们走出后台，走向比赛现场的T台。直到森明美和那些模特身影消失，翠西绝望地，迟缓地望向叶婴。

如果叶小姐不改变决定。

今晚的比赛，将会成为一场灾难。

※　　※　　※

随着第八位参赛设计师的作品展示完毕，长长的T台，光线沉暗下来，音乐变得舒缓。在这间隙，两旁的观众席变得格外兴奋起来，望向T台的尽头，她们目光殷切，互相低语。

今晚比赛的高潮即将来临。

最后两位出场的设计师是森明美与叶婴！

"哦，明美要上场了！"

观众席第一排中央，潘婷婷也伸长了脖子，她语调轻快地说着，却没有得到任何回应。扭头打量越璨，潘婷婷发觉他下颌紧绷，面色比刚才还要阴沉，丝毫没有未婚妻即将登场的期待感。

长长的T台。

一道强烈的白光，主持人手持话筒走上来，用华丽沉厚的声音介绍将要第九位出场的新锐设计师森明美小姐。从她的父亲森洛朗大师，到她继承的莫昆大师的品牌"Jungle"，从她的海外名校背景，到她设计出的深受欢迎的作品，主持人的介绍简短有力，在堆积力量般的音乐鼓点中将气氛推向高潮！

"现在——"

"让我们来欢迎——"

白光中，主持人侧身挥手向T台的尽头，拖出长音，声调华丽，撼动全场！

"森——明——美——小姐！"

观众席最阴暗的过道入口。

黑色皮衣，男人般的短发，蔡娜没有看向T台，而是藏在阴影里，目光阴测测地扫过满场。观众席第一排，大少越璨面无表情，装扮时尚前卫的潘婷婷整个人依偎在他的肩头，简直像一对情侣。

蔡娜冷嗤一声。

阴冷的目光将满场每一个地方都扫到了，也没看到叶婴名义上的未婚夫，那个坐轮椅的残疾男人。

音乐大起！

T台上瞬间万千道光芒！

在无数台摄像机的镜头前，在媒体记者们诡异的兴奋里，在相机的闪烁出的光海中，长长的T台上，先是模特美丽的剪影摇曳出来，然后，踏着音乐与灯光的华丽节奏，第一个模特走出，第二个模特走出……

※　　※　　※

"哗————！！！"

掌声和欢呼如热烈的海洋，即使那声音是从前台传来，依旧震天动地，将寂静的后台淹没！哪怕只有最简单的想象力，也能够听出此刻的比赛现场是如何轰动！

偌大的后台只剩下一支参赛队伍

灯光惨白。

听到那铺天盖地般的掌声，乔治怒气冲冲地嚼几下口香糖，"呸"地一声，吐进垃圾桶里！模特们不安地面面相觑，她们当然知道发生了什么，这是她们从未遇到过的诡异局面。互相使了个眼色，一个模特犹豫着站出来，对叶婴说：

"叶小姐，这场秀我们还要走吗？"

"当然。"

叶婴一边拿出一双高跟鞋换上，一边对她们说："你们是我精心挑选出来的。知道为什么选你们吗？"

模特们不解。

是的，她们并不是最当红最热门的。能够被炙手可热的设计师叶婴选中走秀，她们很是欣喜了一阵子。

"因为你们不是嫩模，你们全都是老模，身经百战的老模。我相信你们能够压得住场子，即使前面刚刚有人走过一模一样的一场秀，以你们的经验和沉稳，你们也能够比她们走得更好！"叶婴淡淡一笑，"我也相信，你们很明白，这一场秀将会被媒体拿出来，同刚才森明美的那一场反复比较。是要扬名立万，还是要相形见绌，你们如此聪明，想必不用我多说。"

"是，叶小姐！"

模特们的站姿顿时一个个挺拔婀娜！

"来吧，让我们出场。"

站在模特们的最前面，叶婴轻吸口气，率队走向后台通往前台的通道，中间路过翠西，翠西茫然呆怔地看着她们，直到乔治一把将她抓进队伍的最后。

Chapter 12

璀璨万丈的光线中，最后一位模特如女王般登场！

华丽璀璨的T台。

一道道光线聚焦在摇曳生姿的模特们身上，光芒明亮，是所有目光的焦点。两边的观众席爆发出一阵阵热烈无比的掌声！这是森明美的参赛系列，这套设计作品具有如此大胆的想象力，具有如此令人难以置信的创造力！即使两侧灯光昏暗，也能看出评委们神情中难以掩饰的兴奋，而观众们更是毫不吝啬她们激动的掌声！

排山倒海般的掌声！

那掌声与兴奋声仿佛澎湃呼啸而来的海潮，有着席卷和吞噬一切的力量！

T台上的光芒。

满场的热烈。

将候场的通道映衬得格外寂静与黯淡。模特们和叶婴在等待森明美的展示结束。凡是经过她们，大赛的工作人员们都见鬼般猛地扭过头，瞪大眼睛，满脸震惊和错愕，这、这——

黑暗中。

一个身影贴近叶婴，气息阴冷，凉测测地说：

"宝贝，现在心情如何？"

闪开半步，如被某种蛇类舔了一口，叶婴冰冷厌恶地看去，阴影里蔡娜眼神阴森，目光充满恶意，在她的身上一寸寸一分分地逡巡，仿佛极度缓慢的舔噬。

"滚开！"

叶婴冰冷斥声。

咧嘴露齿，蔡娜举起手，慢慢退进更深的阴影处，声音阴森森："ok，宝贝，你让我滚，我就滚，只是你千万、千万、不要后悔。"

谢浦推着越瑄的轮椅从VIP休息室出来。

于是越瑄看到了这一幕。

他看到蔡娜如鬼魅般自黑暗中消失，看到叶婴的视线朝他投过来。越瑄任由谢浦推着他的轮椅，缓缓经过候场的通道，经过模特们，经过叶婴。在经过叶婴身前时，轮椅中的越瑄甚至很客气地向她点头致意。

然后。

谢浦继续推着轮椅中的越瑄，将他送到T台的后区。

满场掌声如雷！

整场比赛的气氛被推上最高潮！

观众们激动地站起来，掌声和喝彩声直要将现场的天花板震掀一般！"太精彩了！太精彩了！"同大家一样兴奋地起立鼓掌，在喧嚣的声浪中，潘婷婷对身旁的越璨高声喊着！这一刻，潘婷婷为自己曾经质疑森明美的能力而感到羞愧，无论森明美是否可以超越叶婴，至少这个设计系列已经无与伦比地证明了森明美的实力！

在最热烈的掌声中！

光芒万丈的T台上，被模特们簇拥着，一袭单肩橘红色鱼尾曳地长裙的森明美，华丽娇美地走了上来！瞬间掌声雷动！接过一束束从观众席被送上来的鲜花，森明美笑得灿烂无比，容光焕发，她捧着鲜花，手掩酥胸，在欢呼喝彩声中，一次次向现场的评委和观众们鞠躬致谢！

"谢谢！谢谢大家！"

接过主持人递来的话筒，森明美难掩神色中的激动，她两眼闪出泪花，感性地对满场来宾们说：

"请允许我，在这里请出一直给予我帮助、给予我鼓励，使我能够在设计的道路上坚持走下去的两位朋友，请他们同我一起感受大家的掌声！"

在更加热烈的掌声中。

森明美走向T台的后区，她推出一辆轮椅，璀璨的光束中，轮椅里的年轻男子清峻高华，他目光宁静，如同星空下大片大片盛开的蔷薇花海，那淡淡的星芒，浮动在花香间，极淡的，又是清艳的。

这一秒。

满场的呼吸为之一夺！

越瑄。

昏暗的候场通道。

看着那辉煌灿烂的T台上，一双璧人般的越瑄和森明美，叶婴脸上没有任何表情。耳边是轰然再起的掌声，灯光太过明亮，以致有些刺眼，她微微闭目，脑中闪过一幕幕画面，那开满白色蔷薇花的美丽凉亭，那落地窗外大片大片的白色蔷薇，小小的她用树枝在月光的地上画出一朵又一朵的蔷薇花。

呵。

默然地勾了勾唇角。

T台明亮的光束里，她看到娇美的森明美在越瑄的轮椅前半蹲下，橘红色的长长鱼尾蜿蜒在身后，将一大捧白色玫瑰花递向越瑄，森明美眼含热泪，话筒中传出的声音带出幸福的颤抖：

"瑄，请接受我对你的感谢。"

"Shit！"

台下的乔治嗤笑一声：

"感谢要送白玫瑰？选错花了吧！"

而T台的光束中，轮椅里的越璨接过那捧白玫瑰，满场的欢呼中，森明美幸福得似乎抽泣起来。然后用纸巾印去眼角的泪花，森明美站起身，手拿话筒，深情地望向台下，说：

"还有一位朋友，也是我深深感激的。"

另一道明亮的光束！

观众席中第一排最中间的位置，潘婷婷身边原本阴影里的越璨，瞬时被这道投射过来的炫目白光打亮！身姿挺拔高岳，五官深刻到近乎浓艳，光芒中的越璨浑身散发出浓烈狂野的男人气息，令在场的许多女宾们陡然心跳失常。

"璨！"

T台上，左边是轮椅中的越瑄，森明美双目蕴满深情，她含笑望向越璨，向他伸出右手，等待他走上来，牵住她的手！

通道的黑暗中。

叶婴面无表情地看着如此浪漫的场景。

耀眼的白色光束。

发现自己已经成为满场关注的焦点，越璨挑了挑眉，似笑非笑地看向台上的森明美。

森明美又向他伸了伸手。

他还是没有动。

"哼。"

潘婷婷娇哼一声，得意地坐得更加贴近越璨，妩媚的脸蛋暧昧地似靠非靠在越璨的肩头，媒体记者们的相机顿时"咔、咔、咔"拼命闪光！看到越璨坐姿悠闲，丝毫没有配合着走上来的打算，台上的森明美略有尴尬，她勉强笑了笑，退后几步回到轮椅的越瑄身旁，在华美的白色光束中，用话筒对观众席中的越璨深情地说：

"璨，感谢你，在我的生命中……"

漫长的候场。

T台上的光芒璀璨，将候场区映衬得格外昏暗，模特们和乔都等得有些不耐烦，叶婴漠然地望着不远处T台上光束里的越瑄。淡雅苍白，轮椅中的他清峻得似乎不染尘埃，哪怕此刻，耳边是前未婚妻森明美对别的男人在深情告白，台下是即将登场的现任未婚妻，他也目光宁静，面容宁静，如一片清澈的森林湖泊。

想要冷笑。

她深吸口气，掌心的锋利划痛皮肉，透出一抹带血的腥气。今晚，是她的舞台，也是她的战场。从决定参加亚洲高级时装大赛的那一刻，从踏出监狱大门的那一刻，从更早之前，这就是她等待已久的战场。

这套参赛作品——

是她的。

这个被森明美偷走的设计系列——

是她的！

掌心一抹血痕，那颗黑色钻石有锐利的边锋，越锐利越折射出更多光芒，越能明亮得如夜幕中的星。疼痛尖锐，叶婴自嘲地扯了扯唇角，在这样的时刻，她居然还可以因为一个男人而分神。

掌声再起！

推着轮椅中的越瑄，在满场热烈的掌声中，俨然压轴大秀般的森明美终于在华丽的聚光灯下退场了。长长的T台，静了一分钟之后，主持人再度走上来。

"到叶婴了！"

观众席第一排正中央，潘婷婷激动地坐直身体。虽然森明美的参赛设计天才横溢、精彩绝伦，但是最后一个上场的叶婴才真正是今晚最令人期待的！短短半年多的时间，叶婴在国内时尚圈横空出世，在好莱坞的劳伦斯颁奖礼一举打响名号，又紧接着推出"拥抱"系列裙装，成为年度最风靡最流行的时尚。

"刚才明美的系列太出色了，不知道叶婴……"

对身旁的越璨说着，潘婷婷有些担心。她如今是叶婴的忠实粉丝，是叶婴使她一举挤入顶尖时尚女星的行列，各种代言、广告和影视邀约潮水般涌来。她当然希望叶婴能够在今晚获胜，但森明美刚才的那个参赛系列，太超出想象，太难以战胜了。

所有的观众将视线投向T台尽头！

评委们自然也听说过中国区最近声名鹊起的叶婴，他们互相低语交流几句，目光亦望向T台的尽头！

"……现在，让我们欢迎叶婴小姐带来她的设计作品！"随着主持人华丽的长音，灯光骤然暗下，然后，一秒、两秒、三秒——

"啪！"——

一道光束投射在T台尽头——

如烟如梦。

淡淡的白雾散开。

长长的T台上空无一人，静静的，音乐梦呓般响起，节奏轻柔，恍如是在一个女孩的梦中，几分浪漫，几分欣喜。T台尽头走出第一位模特，长长的头发垂在腰间，白色的妆容，白色丝质的连身衣裤，白色彼得潘的小圆领，高高的腰际，连着一气呵成的先宽后窄腿部线条。

音乐如月光下的白蔷薇花海。

丝滑的珍珠光泽。

挺拔摇曳。

在轻缓迷离的音乐中，雪白的光芒里，模特如梦游仙境的少女爱丽丝，纯白烂漫，美得令人心醉。

黑暗中的观众席，每个人看得呆住。

而第一位模特行至中途，音乐风格突变凄厉！

246

射灯一道道亮起!

昏红的光束，将迷离的雾气映得如同四散的血烟!浪漫变得惊惶绝望，节奏紧张而尖锐，T台上的第二位模特一身暗红色的连身衣裤，近麻的材质，更加笔挺，渐入冰冷。

仿佛染着血气。

那暗红色冷艳凄厉，恍若从噩梦中挣扎出的血色蔷薇，美得令人胆战心惊。

血色光线蔓延台下。

第一排中间的位置，越璨眼底暗烈。许多年前，黑伞下少女那只苍白得近乎凄厉的手，黑夜的小巷里，冷漠的少女被他逼在湿冷的墙壁上，她嘲弄地扯开领口，向他展示自己身上那一处处肮脏的吻痕。

令人心脏难受的凌乱音乐渐渐低沉，昏红的灯光愈来愈暗，现场几近全黑，就在观众们的眼睛快要无法忍受的时候。

光芒大盛!

一排排射灯将白色的T台照耀得光华璀璨!

踏着强烈的音乐节奏。

又一位模特走了出来，依旧白色冷傲的妆容，一身黑色西装材质的连身衣裤，冷艳，冷漠，挺拔，帅气，硬朗。美丽璀璨的光芒，轻快强劲的节奏，她美得令人心动神摇，却淡漠得拒人以千里之外，仿佛绝不可以亲近。

台下，乔治忍不住看向身边同样淡漠的叶婴。

接下来。

第四、第五和第六位模特陆续走上T台，她们皆是黑色连衣裤，更加华丽，奢华夸张的彩色珠宝，闪闪的黄金流苏，闪缎的面料，不同剪裁，各具风姿，在华美的光线下美得妖冶张扬，美得肆无忌惮，仿佛她们已忘记很多，仿佛她们已经可以快乐。

台下的潘婷婷心脏一缩。

莫名的酸楚泛上眼眶。

而在这黑色主打的气氛里，音乐里突然跳跃出一小段怦然心动般的旋律。

如同忽然涂抹出一笔春天的色彩！

第七位走上T台的模特身穿柔软轻纱的连身衣裤，绿色的基调，手绘般一只只黄色柠檬，清新，明亮，模特摇曳走来的时候，空气中仿佛漂浮出微酸轻甜的气泡。

恋爱般的。

恋爱般柠檬味道的微酸轻甜。

然后，是粉粉的红色。

在第八位模特粉红色的薄纱连身衣裤上，绽放出大朵大朵绚烂无比的花朵，水粉的笔触，繁复的花瓣，怒放的姿态，粉绿色、粉黄色、粉紫色、粉橙色，恍若在那恋爱的时刻——

心头瞬间绽放出的千朵万朵。

握紧掌心，叶婴闭一闭眼睛，台上越是明亮，台下越是黑暗。那是在沁满花香的深夜，她打开落地窗，身后的越瑄已经静静入睡，睡梦中他的容颜宁静淡远。那晚，她拿起画笔在图纸上描绘，心中想要画一套盔甲般的黑色连衣裤。

落笔却是柔和的轻纱。

绘出一只只酸甜清新的黄色柠檬。

绘出大朵大朵绚烂盛开的柔美鲜花。

那一晚，在他宁静的睡颜里，落地窗外是漆黑的夜色，而她心中，是一片春光明媚鲜花盛开。

仿佛跳错了针的唱片迅速回到原来的轨道，潘婷婷尚未来得及从柔软的悸动中恍过神，音乐节奏又回到了华丽低沉的旋律。T台上第九位走出的模特，光芒中，模特身着黑色薄纱连衣裤，若隐若现，风情性感，但恋爱的心动气息一扫而光，就像美丽与诱惑只是她的武器，而她并不在意。

音乐的最高潮!

璀璨万丈的光线中，最后一位模特如女王般登场!

如丝绸般亮泽，却如毛料般挺括，黑色犹如漆黑暗夜，模特身披黑色的斗篷，长长拖尾曳地两米，水钻缀满斗篷，像黑夜里无数的星星，闪烁，明亮，璀璨，梦幻，她手执权杖，头戴星状的瑰冠，而脸上蒙黑色的面具，只露出鲜艳的红唇!

在辉煌的光芒中。

那美丽。

简直令人颤抖!

满场观众看得已近窒息。

第一排中间，越璨下颌紧绷，双目紧盯T台。远处的阴影里，森明美推着轮椅中的越瑄，在这看似很短却又漫长的叶婴参赛作品走秀中，森明美的面色变了几变。

模特们退场。

然后，在重新亮起的灯光中，在模特们的簇拥下，叶婴登台。她身穿同系列的黑色连衣裤，长发如黑瀑般中分，她神色清冷，眸若黑潭，唇色浅润，恍若是从黑夜的雾气中升袅而出，她是倨傲的，睥睨世间的，不可战胜的女王般的存在。

在光芒万丈的T台上——

在模特们的簇拥中——

她淡淡微笑着。

向满场观众和评委们走来。

然而——

迎接她的是一片寂静。

如死的寂静。

死寂。

秀场内，每一个观众都无法相信自己的眼睛！

她们看到了什么？！

森明美与叶婴，这两位设计师的参赛系列，竟然是几乎完全一模一样的吗？！一套白色，三套彩色，六套黑色，全部是连衣裤的样式！当森明美的连衣裤设计出场，那惊才绝艳的天才般的设计令人倾倒，可是当叶婴以完全相同的一套系列出场，那就只能意味着——

抄袭。

在这两位设计师之间，必定是其中一位抄袭了另一位的作品！

全场震惊的死寂之后。

"轰——"

黑暗中，观众们再也坐不住了，交头接耳的低语声、议论声越来越大，越来越大！评委们也深深地惊呆了，他们满脸错愕，时尚圈中的雷同或是借鉴也并不罕见，但像这样，在比赛中，如此赤裸裸的毫不掩饰的抄袭，却是前所未见！

哼。

阴影的角落里，望着T台上没有赢得丝毫掌声的叶婴，森明美冷笑。

她是善良的。

她是给过叶婴机会的。

如果模特们没能赶到，如果叶婴能放弃掉今晚的比赛，那么，失去的不过是亚洲高级时装大赛的获胜而已。可惜，叶婴太过贪心，自己毁掉了自己。

她早已安排好了一切。

陷入抄袭的丑闻，她将会让叶婴再也无法翻身！

"啪！"

"啪！"

议论声鼎沸的秀场内，观众席的第一排，望着T台上的叶婴，越璨举起双手，为她响起掌声。潘婷婷瞥他一眼，娇笑着也开始鼓掌！

于是，零零碎碎的，观众席传出一些掌声。与方才森明美得到的潮水般的掌声相比，这些掌声少得近乎可怜。T台后区的翠西面色惨白，乔治气得咒骂起来。

阴影里，轮椅中的越瑄看向光芒中的叶婴。

媒体记者们忙成一团，他们方才已将亚洲高级时装大赛即将爆出巨大丑闻的消息预热了出去，此刻叶婴的参赛作品刚刚走秀完毕，他们已经争分夺秒用网络将这个事件的图片和文稿传播出去！

两大新锐美女设计师爆出惊天抄袭丑闻！

"嘀嘀嘀"。

"嘀嘀嘀"。

"嘀嘀嘀"。

"嘀嘀嘀"。

满场所有人的手机几乎同时响起新闻短讯息的提示音，每个来宾低头看去，各个媒体平台，铺天盖地般开始报道森明美与叶婴抄袭事件！

"我宣布——"

光芒璀璨的T台上。

被美丽的模特们簇拥着，叶婴手握话筒，她清清冷冷地扫视全场，正低头查看手机新闻的每个人都不由自主地抬起头。清冷的目光落在秀场的某个阴影处，唇角略勾，叶婴淡淡说：

"——我宣布，对于森明美小姐此次抄袭我的设计作品的侵权行为，我已通知律师处理，随后律师将向森明美小姐发出正式的律师函。"

看着台下阴影里骤然瞪大双眼的森明美！

T台上的叶婴淡淡一笑。

很好，森明美，这次就彻底决出一个胜负吧。